Chère lectrice,

Ce mois-ci, votre collection Horizon vous propose quatre histoires pleines de tendresse et de gaieté, quatre romans à savourer avec délices, en même temps que les premiers rayons du soleil…

Dans *Tendres ennemis* (n° 2111), vous découvrirez la romance de Shane et Mariah qui, comme Roméo et Juliette, appartiennent à des familles ennemies… Un obstacle auquel ils vont se heurter très vite quand, après une nuit de passion dans les bras de Shane, Mariah s'aperçoit qu'elle est enceinte… Brandon, lui, a décidé qu'il en avait fini avec l'amour depuis la mort de la femme qu'il aimait. Mais c'était sans compter sur l'intervention de Kristy, sa fille de huit ans, qui a tout prévu pour le remarier ! (*Un amour de papa*, n° 2112). Jennifer, quant à elle, ne sait comment aborder Trace quand elle le revoit après huit ans de séparation. La seule chose dont elle est sûre, en tout cas, c'est qu'elle est toujours amoureuse de lui… (*Emouvantes retrouvailles*, n° 2113). Enfin, dans *Une charmante baby-sitter* (n° 2114), vous verrez que Max, malgré ses airs bougons, est bien content quand la jolie Carla s'occupe de ses jumeaux de quatre ans.

Bonne lecture,

La responsable de collection

Un amour de papa

LISSA MANLEY

Un amour de papa

COLLECTION HORIZON

éditions **Harlequin**

Cet ouvrage a été publié en langue anglaise
sous le titre :
THE PARENT TRAP

Traduction française de
STAN B. TRAVERSE

HARLEQUIN®

est une marque déposée du Groupe Harlequin
et Horizon est une marque déposée d'Harlequin S A

Toute représentation ou reproduction par quelque procédé que ce soit, constituerait
une contrefaçon sanctionnée par les articles 425 et suivants du Code pénal
© 2006, Melissa A Manley. © 2007, Traduction française Harlequin S.A.
83-85, boulevard Vincent-Auriol, 75013 PARIS — Tél. . 01 42 16 63 63
Service Lectrices — Tél. . 01 45 82 47 47
ISBN 978-2-2801-4529-9— ISSN 0993-4456

Prologue

— Tu es vraiment sûre que ton plan va marcher, Zoé ? demanda Kristy Clark en se mordillant nerveusement les lèvres.

Assise devant la maison de Zoé, elle avait l'impression de participer à un complot diabolique. Car ce n'était pas d'une broutille dont il s'agissait. Oh non ! Sa meilleure amie s'était juste mis en tête de faire en sorte que sa mère, Jill Lindstrom, et son père à elle, Brandon Clark, se rencontrent et tombent amoureux l'un de l'autre. Rien que cela ! Kristy n'avait pas de souhait plus cher que de retrouver une famille, une maman et une sœur. Mais n'était-ce pas impossible de pousser son père dans les bras d'une femme ? Lui qui ne sortait jamais, qui n'avait jamais de rendez-vous galants ?

— Mais oui, ne t'en fais pas, répondit Zoé avec aplomb, tout en s'appliquant à habiller sa poupée d'une robe de mariée blanche. Nous sommes des inventeurs, comme mon grand-père !

— Tu penses réellement qu'on arrivera à fabriquer une nouvelle famille ? insista Kristy, en passant un peigne à travers les cheveux emmêlés de sa propre poupée pour se donner une contenance. Est-ce qu'on n'est pas en train de rêver ?

Elle avait envie d'y croire, pourtant. Ne serait-ce pas le rêve absolu que d'avoir une mère avec qui elle pourrait parler de choses de filles, et faire des courses ? Son père était formidable, cela ne faisait pas un pli. Mais, malgré tous ses efforts, il était et restait un homme. Qui n'y connaissait rien en coiffures ni en vernis à ongles !

Zoé ne dit rien pendant un instant, farfouillant méthodiquement dans la boîte à chaussures contenant d'autres habits de poupée, d'où elle extirpa un voile et deux minuscules chaussures blanches.

— C'est pourtant simple. Tu n'as pas de mère et moi je n'ai pas de père. Ton père est très drôle et ma mère adore rire. Ils fréquentent tous les deux un club de gym et possèdent chacun un restaurant. On dirait qu'ils sont faits l'un pour l'autre. Les mettre ensemble sera très facile !

Kristy était impressionnée par l'assurance de

Zoé, qui avait fini d'habiller sa poupée et la faisait avancer vers elle avec un grand sourire. Elle aussi aimerait bien être convaincue de l'infaillibilité de leur plan. Mais tout ça lui paraissait tellement peu probable !

— Bon, ils se rencontrent, d'accord, mais qu'est-ce qui se passe s'ils n'ont pas le coup de foudre ?

Car il était hors de question que son père se marie avec quelqu'un qu'il n'aimait pas. Elle n'avait que huit ans, mais elle savait déjà qu'il devait y avoir quelque chose de spécial entre deux personnes pour qu'elles vivent ensemble. Comme cela avait été le cas entre son père et sa mère. Cela faisait déjà sept ans qu'elle était morte, mais son père en parlait presque tous les jours et Kristy savait qu'il était très malheureux sans elle.

— Arrête d'être comme ça, ordonna Zoé en la regardant d'un air exaspéré. Ça marchera si on suit bien la recette de mon grand-père. C'était comment déjà ? Ah oui ! Imaginer un plan. Bien réfléchir à tous les détails, sans rien oublier. Puis le mettre à ex… exu… exécution. Recommencer s'il le faut. C'est vrai que grand-père, il fait toujours tout exploser, mais nous, on réussira à éviter ça. Tu me crois ?

Kristy soupira. Elle n'osa plus contredire Zoé, de peur de se faire gronder une nouvelle fois. Mais elle avait encore des doutes sur leurs chances de succès. Peut-être qu'en passant une nouvelle fois le plan en revue, elle retrouverait un peu d'optimisme…

— Donc, on commence par l'étape 1, c'est ça ? demanda-t-elle à Zoé.

— Oui. L'étape 1, c'est le dîner à la maison. Demain soir ! Débrouille-toi comme tu veux, mais il faut que ton père vienne. Ma mère m'a promis qu'elle ne travaillerait pas au restaurant demain soir, et, moi, j'ai déjà choisi la musique pour créer une ambiance romantique.

— Compris ! répondit Kristy en jouant avec sa natte. Ensuite l'étape 2. Je ne l'aime pas tellement, tu es sûre qu'on en a besoin ?

— Mais oui, elle est essentielle ! Ce n'est pas compliqué. On fait semblant de se battre pendant la récré. Le surveillant nous sépare et nos parents sont convoqués en même temps pour être informés de ce qui s'est passé.

— L'étape trois vient juste après, c'est ça ?

— Tu as bien retenu la leçon. L'étape trois,

c'est l'excursion à la plage avec les guides le week-end prochain. Je me suis déjà arrangée avec la cheftaine pour que ton père et ma mère se retrouvent dans la même voiture pour nous conduire. Grand-père a déjà dit à ma mère qu'il avait besoin de la voiture ce jour-là, donc elle sera obligée de monter dans celle de ton père. Ils passeront toute la journée ensemble à nous surveiller. N'est-ce pas merveilleux ? Mais n'oublie pas une chose : notre plan risque de tomber à l'eau si ma mère apprend ce que fait ton père pour gagner sa vie et vice versa. Il ne faut pas qu'on en parle, d'accord ?

— D'accord, répondit Kristy en réprimant difficilement la boule qui s'était formée dans sa gorge. Et s'il n'y a aucun résultat après ces trois étapes, qu'est-ce qu'on fait ? Tu avais parlé d'une solution extrême…

Zoé fixa Kristy d'un air devenu soudainement très sérieux, comme si elle avait tout à coup pris conscience qu'il ne s'agissait pas d'un jeu, mais de la vraie vie.

— Oui, le plan Z de la dernière chance. Mais je ne vais pas te le rappeler maintenant car je suis sûre qu'on n'en aura pas besoin.

— Ça y est, je me souviens de quoi il s'agit.

J'espère qu'on n'en arrivera pas là, sinon papa me punirait à vie !

— Ne t'en fais pas, dit Zoé en serrant doucement le bras de son amie. Quoi qu'il arrive, on ne risque pas grand-chose, je te le promets, Kris. On s'en sortira saines et sauves.

Kristy pria pour que Zoé ait raison. Car elle était prête à beaucoup de choses pour former une famille. Mais la perspective du plan Z la mettait dans tous ses états. Elle redoutait de flancher, le moment venu.

— Regarde, Kris, voici ton père et voilà ma mère !

Dans sa boîte à chaussures, Zoé avait trouvé un compagnon pour sa poupée habillée en mariée. Elle les fit mimer le baiser de l'union maritale.

— Nous allons réussir, Kris, je le sais. Si nous voulons former une vraie famille, nous n'avons pas le choix.

Zoé avait raison, comme toujours. Avec cette dernière phrase, elle avait réussi à lui communiquer sa foi en l'avenir. Kristy était prête, elle aussi.

Place au premier acte !

1.

— Maman, maman ! Mets du parfum !

Jill Lindstrom faillit lâcher les lasagnes brûlantes qu'elle venait de sortir du four en entendant la voix surexcitée de sa fille. Elle se retourna pour la gronder, mais ne put s'y résoudre en voyant les yeux pétillants de Zoé. La petite fille tenait à la main sa bouteille de parfum, le doigt sur le vaporisateur, prête l'asperger de pied en cap.

Jill fit un pas en arrière, prenant garde à ne pas être à la portée du jet et fixa le flacon, puis Zoé, avec de gros yeux.

— Fais attention, ma chérie, tu vas me noyer de parfum !

— Juste un petit peu, je t'en prie !

— Mais non, je me suis déjà parfumée ce matin, répondit Jill d'un ton ferme, tout en ouvrant le réfrigérateur pour en sortir la salade qu'elle avait préparée cet après-midi.

— Allez, maman !

— Ça suffit, Zoé. Estime-toi déjà heureuse que j'ai accepté de mettre le jean et le pull que tu as choisis. Sans compter que tu as également exigé que je laisse mes cheveux détachés. Tu ne vas quand même pas tout décider à ma place !

Jill posa la salade sur le plan de travail puis farfouilla dans les tiroirs à la recherche de cuillers de service.

— De toute façon, poursuivit-elle, il ne faut pas mettre trop de parfum. Tu veux que Kristy et son père suffoquent quand ils arriveront tout à l'heure ? Va plutôt vérifier que tout est bien rangé dans le salon.

Zoé prit un air offusqué, mais n'insista plus.

— Je vais les attendre sur le canapé, dit-elle en sortant de la cuisine.

Jill ne put s'empêcher d'être attendrie par les préoccupations de sa fille concernant son apparence. Il ne fallait pas être Einstein pour se rendre compte que tout cela cachait quelque chose. La qualité de célibataire du père de Kristy jouait certainement un grand rôle dans le zèle que mettait Zoé à préparer la soirée.

Jill se demanda si c'était son fou de père qui avait poussé Zoé et Kristy à jouer les entremetteuses. Zoé adorait son grand-père et ce dernier ne faisait pas mystère de son souhait de voir sa fille se remarier.

Il serait cruel de tuer dans l'œuf des rêves d'enfants, songea Jill. Surtout quand ceux-ci étaient animés par le désir de rendre leurs parents heureux. Comment leur reprocher ça ? Elle n'avait pourtant aucune envie d'être au centre d'une machination sentimentale. Pourquoi s'embarrasser d'un partenaire qui, au bout du compte, finirait par la faire souffrir ? Elle n'avait que trop bien appris la leçon avec Doug, qui l'avait quittée pour une autre femme. Cela faisait maintenant six ans qu'elle avait reçu ce coup de poignard dans le cœur. Mais la blessure n'était toujours pas refermée. Et elle ne le serait peut-être jamais. Alors, n'en déplaise à sa fille, il était hors de question de se remettre une nouvelle fois en danger.

Voulant chasser ces douloureux souvenirs de son esprit, elle porta de nouveau toute son attention sur la préparation du dîner. Elle réunit les ingrédients nécessaires pour faire une vinaigrette et battit frénétiquement le mélange.

La crainte de souffrir n'était pas la seule raison pour laquelle elle s'interdisait à tout prix de tomber amoureuse. Il y en avait une autre, tout aussi importante, qui avait pour nom le *Wildflower Grill*. Son restaurant, son œuvre, sa fierté, qui commençait enfin à prendre son essor. Pour rien au monde elle ne se laisserait distraire de la gestion et de l'animation de ce lieu qu'elle avait créé de toutes pièces et qui avait été sa bouée de secours alors qu'elle se trouvait au fond du gouffre.

Et, au fond d'elle-même, Jill savait que son ambition professionnelle était alimentée par un besoin impérieux de reconnaissance sociale.

Elle ne supportait plus d'être seulement considérée comme la fille de l'inventeur farfelu qui faisait toujours tout exploser. Il n'était pas facile d'avoir comme père un homme qui avait en permanence les cheveux en bataille, qui portait des lunettes dont les verres étaient aussi épais qu'une loupe et qui se promenait vêtu d'une veste de laborantin tachée et de chaussures de montagne d'un rouge éclatant. Aux yeux des habitants de la ville, son père n'était qu'un doux dingue, qui transformait chacune de ses lubies en une catastrophe retentissante.

Même si Jill s'en voulait d'être aussi peu charitable à l'égard de celui qui l'avait portée à bout de bras au moment de sa séparation avec Doug et qui, de façon générale, avait toujours été là pour elle, elle en avait plus qu'assez d'être associée à la risée de la région.

Chaque fois que Jill se surprenait à manquer de compréhension vis-à-vis de son père, elle s'efforçait de se rappeler qu'il s'était retrouvé seul avec une petite fille de trois ans après la mort de sa femme et qu'il l'avait élevée avec énormément d'amour et de générosité.

Elle avait honte de se l'avouer, mais elle souffrait du regard des autres. C'était pour cela que le restaurant était tellement important pour elle. Elle voulait leur montrer, à tous, que, elle, Jill Lindstrom, était capable d'accomplir de grandes choses. Elle était d'ailleurs en voie d'y parvenir puisque, depuis près d'un an maintenant, son restaurant ne désemplissait pas.

Mais cela n'allait peut-être pas durer ! Car cela faisait quelques semaines qu'elle assistait, impuissante, à la progression d'un chantier qui lui faisait peur. Le *Steak Palace* ! Un autre restaurant ! Qui, par-dessus le marché, avait l'outrecuidance de s'installer juste à côté du sien. Rien que d'y penser, elle avait une furieuse envie d'étrangler son propriétaire. Elle lui avait pourtant dit et répété qu'un jour ou l'autre elle

17

aurait besoin de s'agrandir et qu'il ne fallait à aucun prix louer le local qui jouxtait le sien. Elle lui avait même proposé de lui verser une compensation pour avoir un droit de regard sur ce lieu. Mais l'infâme personnage, cet homme d'affaires véreux, l'avait trahie. Il n'avait même pas pris la peine de la prévenir qu'il avait trouvé un preneur pour l'espace dans lequel elle s'était déjà imaginée installer une dizaine de tables supplémentaires. Quant au nouveau locataire, elle se retenait tous les jours d'aller lui dire ses quatre vérités. Comment osait-il venir marcher sur ses plates-bandes ? C'était trop facile de débarquer pour lui voler une clientèle qu'elle avait constituée à force de tant de travail et de sacrifices !

La sonnette de la porte d'entrée interrompit le flot de ses pensées, qui avaient fini par former un désagréable nœud dans son estomac. Se conformant aux consignes de sa Zoé chérie — c'était à elle d'accueillir les invités ! — Jill se précipita pour aller ouvrir, déposant au passage les lasagnes sur la table de la salle à manger. Survoltée, Zoé la suivit de près et lui chuchota de sourire et d'être gentille. Jill fit mine de ne pas prêter attention aux conseils de sa fille, mais eut néanmoins une brusque poussée d'adrénaline en s'apercevant que cela faisait bien longtemps qu'elle n'avait pas reçu un homme — hormis son père — chez elle.

Elle se dit aussitôt qu'il était ridicule d'avoir la moindre inquiétude au sujet de père de Kristy — qui était sûrement petit, bedonnant, presque chauve et dont, d'ailleurs, elle n'arrivait plus à se rappeler le nom. L'enjeu de la soirée était simplement d'apprendre à connaître un peu mieux l'entourage familial de la meilleure amie de sa fille. Rien de plus.

Armée de son plus beau sourire, elle ouvrit la porte d'un geste ample... puis s'arrêta net. Qualifier l'homme qui tenait la main de Kristy — et qui devait donc être son père — de beau aurait été faire une injure à la réalité. Avec ses cheveux bruns, épais et ondulés, ses yeux ardents et ses belles épaules carrées, il était tout simplement splendide. Et le soleil qui se couchait derrière son dos mettait en évidence, si besoin était, son parfait corps d'athlète. Restée bouche bée devant cet Adonis, Jill se rendit subitement compte qu'elle était seule devant lui, les deux filles ayant disparu.

Cela faisait sûrement partie de leur infernale machination. Poussant un grand soupir, elle prit la ferme résolution de ne pas tomber dans leur piège. Même si celui-ci avait pris l'apparence du plus beau représentant du sexe masculin qu'il lui ait jamais été donné de rencontrer.

Tâchant de se donner une contenance en lui tendant la bouteille de vin qu'il avait apportée pour le dîner, Brandon Clark pria pour que son hôtesse ne remarque pas son émotion. Sa beauté l'avait saisi dès qu'elle avait ouvert la porte. Il avait toujours été sensible au charme des blondes, mais celle-ci appartenait à une catégorie à part. Depuis combien de temps n'avait-il côtoyé une aussi belle femme de si près ? Qui, en plus d'avoir un corps qu'on avait envie de posséder sur-le-champ, renvoyait une double impression, à la fois de force et de fragilité.

Brandon attendit qu'elle parle, mais elle garda le silence tout en le fixant de ses grands yeux bleus. Etait-elle gênée par le soleil ? Ou muette ? Pourquoi ne disait-elle rien ?

— Vous devez être la mère de Zoé, déclara-t-il. Je suis très heureux de faire votre connaissance. Je m'appelle Brandon Clark.

Lorsqu'il parla, la femme — il croyait se rappeler qu'elle s'appelait Jill — cligna plusieurs fois des

20

yeux, comme si elle sortait d'un rêve éveillé. Elle sourit timidement et ses délicieuses pommettes prirent une discrète coloration rouge, mais elle ne dit toujours rien.

Brandon commença à s'inquiéter. Avait-il quelque chose de coincé entre les dents ? Sa chemise était-elle mal repassée ? Ou peut-être n'était-il tout bonnement pas assez bien pour elle ? Il sentit qu'il était également sur le point de rougir lorsqu'elle esquissa enfin un mouvement de bienvenue. Après avoir tiré sur son joli pull couleur crème, qui dessinait discrètement mais sûrement les contours de sa poitrine, elle lui tendit la main.

— Je... je... oui, oui, bien sûr que je suis la mère de Zoé. Excusez-moi. Jill Lindstrom. Enchantée.

Brandon serra délicatement la main qu'elle lui tendait et fut instantanément traversé de violentes bouffées de désir. Il dut réprimer une pressante envie de l'enlacer passionnément. Quand était-ce, la dernière fois qu'il avait éprouvé une sensation aussi forte ?

— Je vous en prie, entrez, dit Jill en retirant nerveusement sa main de la sienne puis en s'écartant pour le laisser passer.

Il s'avança, aussitôt suivi de Jill. Ils se rendirent compte en même temps que leurs deux filles les fixaient avec des yeux à la fois pétillants et inquisiteurs.

— Bonsoir Kristy, dit Jill. Je suis contente de te voir. Et ravie de faire la connaissance de ton papa.

— Bonsoir madame Lindstrom, répondit Kristy, un sourire radieux aux lèvres, avant d'être saisie d'un rire nerveux.

Brandon posa sur sa fille un regard circonspect. Elle n'était pas dans son état normal. Oh que non ! Son attitude, ainsi que celle de Zoé, raviva ses pires soupçons. Dès le moment où les deux amies lui avaient parlé de ce dîner, il avait subodoré qu'il ne s'agissait pas seulement d'une rencontre de politesse entre deux parents d'élèves d'une même classe. Il savait que les deux comploteuses avaient autre chose en tête. Cela dit, maintenant qu'il avait vu avec qui elles voulaient le « marier », il ne pouvait pas leur en vouloir.

Mais toute l'ingéniosité du monde, même venant de deux petites filles aussi touchantes que Zoé et Kristy, ne parviendrait pas à le détourner de sa résolution de ne plus jamais succomber à la tentation. Depuis la mort de Sandy, le temps de l'amour était pour lui révolu. Jill était une apparition féerique, rien de plus. Une fois cette soirée achevée, il s'efforcerait de l'effacer aussi vite que possible de sa mémoire.

— Ne restez pas là, allez dans la cuisine pour discuter, ordonna Zoé.

C'était comme si Kristy et elle étaient les adultes et que Jill et lui étaient les enfants dont il fallait orienter les jeux, songea Brandon.

— Nous, nous allons au premier, poursuivit la fille de son hôte.

Brandon les regarda gravir à toute vitesse les marches de l'escalier puis il les entendit s'enfermer dans la chambre de Zoé et éclater de rire.

— J'ai l'impression que nous sommes les cobayes involontaires de ces deux entremetteuses en herbe, dit-il en suivant Jill à travers le couloir menant dans la cuisine.

L'odeur de spaghettis — ou était-ce des lasagnes ? — mélangée à celle de pain grillé frotté à l'ail le faisait déjà saliver.

— Je vois que vous avez la même lecture que moi des faits, répondit Jill, une fois qu'ils furent arrivés dans la cuisine.

C'était une pièce chaleureuse, avec de beaux

placards et une table en chêne massif à laquelle il se voyait déjà dîner avec Jill tous les soirs. Il chassa aussitôt cette rêverie de son esprit, tout en se rendant compte à quel point l'intimité quotidienne d'une vie de couple lui manquait.

— J'espère que vous aimez le vin rouge, dit-il en lui donnant la bouteille, soulagé d'avoir la confirmation que la jeune femme n'était pas impliquée dans le complot.

— J'adore ça. En plus il accompagnera parfaitement les lasagnes. Je vous félicite pour votre choix.

— Il n'était pas compliqué à faire, répondit Brandon en admirant la couleur originale des cheveux de Jill, quelque part entre le miel doré et le blé qui avait mûri au soleil. Je dois vous avouer que ma fille m'a constamment tenu au courant des différentes options qui étaient retenues pour le menu. Je savais qu'il allait y avoir des pâtes sous une forme ou une autre. Le vin rouge s'imposait naturellement.

— Je vois. Je vais chercher des verres à pied. Il suffira ensuite de sortir le pain à l'ail du four et, dans quelques minutes, nous pourrons passer à table. En attendant, mettez-vous à l'aise, asseyez-vous.

24

Brandon s'exécuta, tout en se disant qu'il fallait profiter de l'absence des filles pour mettre les choses au clair.

— Donc, vous aussi, vous vous interrogez sur les motivations cachées de nos charmantes filles ?

— Je ne comprends que trop bien ce qu'elles manigancent, répondit-elle en se penchant pour ouvrir le four. On ne peut pas dire que les enfants sont très subtils à cet âge-là !

Brandon dut fournir un pénible effort pour détacher son regard des magnifiques fesses de Jill. On aurait dit que le jean qu'elle portait avait été spécialement conçu pour les mettre en valeur.

— Je... je suis persuadé qu'elles ont tout prévu jusqu'au moindre détail. Tenez, par exemple, c'est Kristy qui m'a dit comment m'habiller. Et, juste avant de partir pour venir ici, je crois qu'elle m'a demandé au moins dix fois si je m'étais bien lavé les dents.

Jill se releva, un pain brûlant dans les mains. Elle était vraiment très belle.

— Il ne fait pas de doute qu'elles ont planifié cette soirée de A à Z, renchérit-elle. J'espère que leurs bêtises ne vous mettent pas mal à l'aise.

— Ne vous en faites pas. J'ai accepté ce dîner

parce que je voulais mieux connaître Zoé et sa famille. C'est la seule amie que Kristy se soit faite depuis que nous sommes arrivés à Elm Corner, il y a deux mois. Je n'ai aucune envie de prendre le risque de gâcher le plaisir qu'elle a à passer du temps avec votre fille.

Il aurait pu ajouter que c'était même la première fois qu'il avait l'impression que Kristy était heureuse et que cela le rendait fou de joie. C'était d'ailleurs pour elle qu'il avait décidé d'abandonner son travail d'avocat d'affaires et ses horaires — qui le condamnaient à ne voir Kristy qu'une heure par jour — pour venir s'installer ici, dans cette petite ville, avec le projet d'y ouvrir un restaurant. Cette idée n'était pas venue de nulle part : fils d'un restaurateur de Seattle, il avait le métier dans le sang.

Quoi qu'il en soit, il se réjouissait déjà de pouvoir passer plus de temps avec sa fille. Non pas que sa nouvelle profession soit de tout repos. Mais, au moins, après l'école, Kirsty pourrait s'installer dans le restaurant pour y faire ses devoirs. Et puis, dès qu'il aurait une clientèle fidèle et des revenus stables, il embaucherait un gérant qui s'occuperait du tout-venant à sa place. Bref, il était désormais maître de son temps et comptait consacrer toute son énergie et sa disponibilité au bonheur de Kristy.

— Zoé aime beaucoup votre fille. C'est comme si elles avaient été depuis toujours les meilleures amies du monde, dit Jill en coupant des tranches de pain.

— Je peux vous aider ? demanda Brandon.

— Vous pourriez nous servir à boire.

Brandon ouvrit la bouteille, remplit leurs verres et emporta le tout dans la salle à manger, où la table était déjà dressée. Jill le suivit avec le pain. Elle proposa à son invité de prendre place puis appela les filles.

Quelques instants plus tard, celles-ci firent une entrée fracassante. Zoé avait préparé un cocktail spécial pour la soirée, composé de jus de pamplemousse, de grenadine et de morceaux d'ananas, réservé uniquement au moins de dix ans. Une fois qu'elles eurent bu — et qu'elles eurent arrêté de glousser — Jill proposa à tout le monde de se mettre à table.

Elle servit à chacun une part de lasagnes ainsi qu'une portion de salade César agrémentée de copeaux de parmesan et de croûtons.

— Vous savez quoi, M. Clark ? Ma mère fait partie d'un club de gym, s'exclama tout à coup

Zoé, avant même que Brandon ait eu le temps de goûter ce succulent plat. Kristy m'a dit que vous aimiez bien faire de l'exercice, vous aussi. Vous ne vous êtes jamais croisés ?

Brandon ne put réprimer un sourire attendri. Les deux petites filles étaient vraiment déterminées à parvenir à leurs fins !

— C'est vrai, j'ai besoin de faire du sport. Mais, pour l'instant, je me suis contenté de courir car je n'ai pas encore eu le temps de m'inscrire à un club de gym. Puisqu'on en parle, comment est le vôtre ? demanda-t-il en se tournant vers Jill.

— Je n'ai pas à m'en plaindre. Cela vaut mieux d'ailleurs puisqu'il n'y en a pas d'autre à Elm Corner.

— Vous devriez peut-être vous inscrire à ce club, M. Clark, poursuivit Zoé, les yeux pleins d'espoir. Comme cela, vous pourriez suivre des cours ensemble, avec ma maman.

Brandon considéra un instant cette possibilité. Voir les jambes élancées de Jill de tout près… quel bonheur ! Mais il était absolument hors de question d'entretenir des rapports personnels avec elle. Leurs filles étaient amies. Cela n'allait pas plus loin. Aussi était-il peut-être temps de remettre les pendules à l'heure.

— Je ne sais pas, je vais voir.

Cette réponse n'était manifestement pas du goût de Zoé, qui se tourna aussitôt vers sa mère.

— Maman, tu devrais peut-être proposer à M. Clark de venir avec toi au club, demain. Il pourrait ainsi faire connaissance avec les autres gens et se renseigner pour l'inscription.

Jill lança un regard plutôt sévère à sa fille puis se versa un verre de vin.

— Pourquoi pas ? Mais tu ne crois pas que c'est à M. Clark de décider, ma chérie ? Je ne peux pas le forcer à venir avec moi s'il n'en a pas envie.

Brandon n'avait pas manqué de noter que, tout en répondant à sa fille, Jill le regardait avec un air de connivence. Comme pour lui dire que, face à l'offensive de Kristy et Zoé, la meilleure défense était peut-être l'attaque.

— Je vais y réfléchir, dit Brandon, tout en lançant un discret clin d'œil à Jill, histoire de lui faire voir qu'il avait compris son stratagème.

— J'y vais trois fois par semaine, après avoir conduit Zoé à l'école. A vous de me dire quand ça vous arrange.

Il hocha la tête sans rien répondre. Du coin de l'œil, il scruta la réaction des filles, qui se lançaient des regards lourds de sous-entendus, persuadées que leur entreprise était en bonne voie. Pauvres enfants ! Si elles savaient comme elles se trompaient ! Car, malgré toutes les qualités physiques et morales — dont il commençait également à avoir un aperçu — de Jill, il était hors de question qu'elle soit pour lui autre chose que la mère de Zoé, une personne qu'il croiserait occasionnellement lors de goûters d'anniversaire et autres festivités enfantines.

Après cette première passe d'armes entre enfants et adultes, la soirée prit un tour plus traditionnel, Kristy et Zoé évoquant certains des épisodes les plus amusants de leur vie à l'école. On parla également de Beau, le petit chat de Kristy, et Jill indiqua à Brandon le meilleur endroit de la ville pour faire nettoyer ses chemises.

Une fois le repas terminé, les filles ne tinrent plus en place. Et, après autorisation de la maîtresse de maison, elles quittèrent la table, non sans débarrasser leurs assiettes. En sortant de la pièce, Zoé, qui était indéniablement le cerveau du plan « Jill-Brandon », tamisa les lumières de la salle à manger.

Jill allait ouvrir la bouche pour s'excuser des

agissements de sa fille auprès de son hôte quand elle fut stoppée net dans son élan par le son d'une musique douce qui émanait des baffles du salon. Ces satanées enfants ! Elles ne laissaient rien au hasard !

Elle ne put s'empêcher d'éprouver une certaine gêne à l'idée de se retrouver seule face à un homme qui était le charme incarné dans cette ambiance romantique artificiellement créée. Elle s'efforça au mieux d'éviter son regard qu'elle sentait posé sur elle. Elle était prête à bondir de son siège et à se réfugier dans la cuisine lorsqu'elle se dit qu'elle n'allait pas se laisser faire par sa fille ! Zoé n'avait aucun moyen de l'influencer. Aucun !

— A mon avis, elles en font un peu trop, dit Brandon en reposant son verre de vin.

— C'est le moins qu'on puisse dire.

— Si ça se trouve, il y a une limousine qui nous attend dehors pour nous conduire à l'église.

Jill était soulagée de constater que Brandon réagissait avec humour à une situation qui, malgré tout, était gênante. Et c'était chez elle que cela se passait !

— Encore une fois, je suis désolée de la tournure que prennent les événements. Je savais qu'il se tramait quelque chose, mais je n'imaginais pas qu'elles auraient l'audace d'aller si loin.

— Ne vous en faites pas, vous n'y pouvez rien. En réalité, je dois vous avouer que je suis impressionné par la façon dont elles mettent en œuvre leur, comment dire… projet. Elles ont dû beaucoup y réfléchir. De ce point de vue-là, je leur tire mon chapeau.

— Je soupçonne ma fille d'être à l'origine de toute l'intrigue. D'une part, quand elle a décidé quelque chose, elle est très déterminée, et, d'autre part, elle sait qu'elle peut compter sur un soutien inconditionnel.

Jill vit à l'expression étonnée de Brandon qu'il fallait en dire plus.

— Mon père, expliqua-t-elle en soupirant. Il passe beaucoup de temps avec sa petite-fille. C'est, disons, un inventeur. Zoé a pour lui une admiration sans bornes. Evidemment, elle aussi adore inventer des choses. Je soupçonne que toute cette soirée soit une « invention » échafaudée avec mon père.

— Mais encore ? demanda Brandon. Ah, je vois. Elles sont en train d'inventer une famille. Vous la mère, moi le père…

— J'en ai bien peur.

Brandon éclata de rire.

— Incroyable, dit-il. Elles sont encore plus malignes que je ne pensais. Le jour où j'aurai envie de rencontrer quelqu'un, je ne manquerai pas de faire appel à leurs services.

Jill resta muette, fixant son assiette. La question de savoir pourquoi il ne voulait pas « rencontrer quelqu'un » maintenant lui brûlait les lèvres. Mais elle se retint, consciente du fait qu'il s'agissait d'un sujet beaucoup trop intime. Après tout, elle ne le connaissait que depuis quelques heures. Et, de toute façon, le dîner était terminé, ils allaient bientôt devoir se quitter. Quel dommage ! Brandon avait un sourire tellement craquant. Et un vrai sens de l'humour.

Jill se demandait ce qui se passerait si elle acceptait — hypothèse totalement improbable bien sûr — de passer une nuit avec lui lorsqu'une violente explosion fit s'entrechoquer tous les verres de la table.

Son père ! Toujours lui !

— Qu'est-ce que c'est ? demanda Brandon avec un air abasourdi.

— Ce n'est rien, répondit-elle, soucieuse de minimiser une situation qui pourtant la mortifiait. C'est juste mon père. Il a un laboratoire dans le fond du jardin. J'imagine que c'est une expérience qui a mal tourné.

Tout en disant cela, Jill redoutait déjà le moment où son père, le regard hagard, allait faire son apparition dans la pièce. Il venait toujours la voir après une explosion, mû par un légitime désir de la rassurer sur le fait qu'il n'était pas blessé.

— Ah, donc ce n'est pas une fusée qui s'est écrasée dans votre jardin ?

— Non, soupira Jill, trop lasse pour apprécier la plaisanterie de Brandon. Ce n'est que mon père, je vous assure.

Juste à ce moment-là, elle entendit la porte du jardin s'ouvrir et se refermer. Evidemment ! Son père ne lui épargnait rien ! Et Brandon irait grossir la cohorte des gens qui le voyaient comme un personnage gentil, certes, mais plus que bizarre.

— Jill ! Ma petite Jill ! Tu es là ?

Jill leva les yeux au ciel. Il savait très bien qu'elle était là ! Puisqu'il faisait également partie du « complot ».

— Dans la salle à manger, papa !

Quelques instants plus tard, son père fit son habituelle entrée théâtrale. Ses cheveux gris bouclés partaient dans tous les sens. L'épaisse monture noire de ses lunettes était recollée au niveau du nez. Il était recouvert de suie des pieds à la tête, mais aussi de ce qui, à première vue, semblait être des bouts de ficelle roses. Incorrigible ! Qu'avait-il bien pu faire, cette fois-ci ?

— Je vous prie de m'excuser pour le bruit, dit l'inventeur, en tâchant, en vain, d'aplatir ses cheveux. Je voulais juste te rassurer sur mon état de santé, Jill. Je ne suis pas blessé. Tiens, bonjour Brandon, ravi de vous revoir.

— Vous vous connaissez ? s'exclama la jeune femme.

— Nous avons fait connaissance lors d'une réunion des guides pour les filles, expliqua Brandon en se levant et en tendant la main vers le père de Jill. Je suis également content de vous revoir, monsieur l'Inventeur.

A son grand étonnement, Jill constata que Brandon avait l'air sincèrement content de revoir son père. Il n'y avait aucune trace de moquerie sur son visage.

— Je ne vous dérange pas plus longtemps, dit son père en serrant la main de Brandon après avoir essuyé la sienne sur son pantalon. C'est un sacré bazar là-bas, il faut que je nettoie. Vous ne voulez pas m'envoyer les filles pour qu'elles me donnent un coup de main ?

Pour Jill, il s'agissait là d'un aveu de culpabilité. Son père n'avait pas du tout besoin des filles pour ranger. Il voulait juste savoir comment la soirée s'était passée ! Elle avait envie d'étrangler son père, mais ne voulait pas faire de scandale devant Brandon. Un sourire malicieux accroché à ses lèvres, son père se retourna et quitta la pièce, traînant derrière lui un morceau de papier toilette collé à sa chaussure. Jill ne put s'empêcher de le maudire intérieurement pour ce manque de savoir-vivre.

Ne cesserait-il jamais de la mettre dans des situations humiliantes ? Ne comprenait-il pas qu'elle ne réussirait jamais à avoir bonne réputation — ce qui était tellement important dans le secteur de la restauration — tant qu'il continuerait à faire n'importe quoi ?

Après avoir pris une profonde inspiration, elle réussit à se calmer en se disant qu'elle aurait très prochainement une discussion difficile, mais nécessaire, avec son père.

— Je suis désolée, dit-elle à Brandon. Je pensais que nous échapperions aux explosions ce soir.

— Vous n'avez rien à vous faire pardonner.

Et je ne le connais pas, mais j'aime bien votre père. Il est plutôt original, mais chaleureux et intéressant.

— C'est gentil de votre part de penser cela.

— Il habite donc avec vous, à ce que je vois.

— Plus ou moins, répondit Jill. Il habite dans un appartement situé au-dessus de son laboratoire.

Au moment de sa séparation avec Doug, elle avait refusé que son père vienne habiter avec elle. Mais, à mesure que son restaurant commençait à tourner et que Zoé grandissait, elle avait fini par accepter. Et elle devait bien admettre qu'il était un grand-père formidable. Toujours là quand elle avait besoin de lui et aimant sa petite-fille d'un amour sans limites. Mais pourquoi n'était-il pas tout simplement retraité, comme la plupart des autres grands-pères ?

— Assez parlé de mon père. Puis-je vous demander quelle est votre profession, Brandon ?

— Au départ, quand nous habitions encore à Los Angeles, j'étais avocat affaires. Mais j'ai tout laissé tomber pour monter ma propre entreprise.

— Ah bon ? Et dans quel domaine, si ce n'est pas indiscret, demanda Jill, se disant que

Brandon était le genre d'homme à réussir tout ce qu'il entreprenait.

— La restauration. Je suis sur le point d'ouvrir un établissement sur Main Street, répondit-il avec une expression de fierté sur le visage. Ça va s'appeler le *Steak Palace*. Peut-être l'avez-vous déjà remarqué ?

Lui ! C'était lui ! Son concurrent ! Son ennemi juré !

Jill s'était levée d'un bond, le regardant droit dans les yeux, incapable de dire quoi que ce soit tant elle était sous le choc.

Une chose était sûre, au moins. Son attirance pour lui, qu'elle n'avait cessé de réfréner tout au long de la soirée, avait disparu d'un coup. Elle ne voulait plus jamais croiser Brandon. Le mieux serait même qu'il quitte la ville immédiatement !

2.

— Vous êtes toute rouge. Vous ne vous sentez pas bien ? demanda Brandon d'une voix inquiète.

Cette question était la preuve qu'il n'avait pas mesuré toute la portée de ses propos, songea Jill. Et qu'il ne savait pas ce qu'elle faisait pour gagner sa vie. Cela ne changeait évidemment rien à la donne, mais ça la calma. Elle sentait que Brandon était un homme bon, qui ne ferait pas volontairement de mal à une mouche. Et il était tellement beau, par-dessus le marché, tout compétiteur qu'il était !

— Je présume que Kristy ne vous a pas dit quelle était ma profession, dit-elle.

— Eh bien, bégaya-t-il en fronçant les sourcils. A vrai dire, non, en effet.

Jill poussa un profond soupir. C'était à son tour de lâcher une bombe. Zoé ne perdait rien pour attendre. Connaissant sa fille, elle était persuadée que celle-ci avait convaincu Kristy de ne rien dire à son père au sujet du restaurant. Car cette petite manipulatrice avait pressenti que son plan était voué à l'échec si les deux principaux protagonistes apprenaient qu'ils étaient des concurrents frontaux.

— Je suis la propriétaire du *Wildflower Grill*, l'autre restaurant sur Main Street.

Voilà, c'était dit. Pendant l'espace d'une seconde, Brandon parut ne pas comprendre ce que cela signifiait exactement. Puis son visage changea d'expression. La gêne se dessina dans ses yeux.

— Je vois… nous voici donc concurrents.

— Comme si j'avais besoin de ça, siffla Jill, regrettant d'avoir laissé libre cours à sa colère.

— Pourquoi vous fâchez-vous ? Comment pouvais-je savoir que vous possédiez un restaurant ? Et, maintenant que je le sais, est-ce si grave ? Ne sommes-nous pas civilisés ?

Jill examina attentivement Brandon. Il avait l'air sincèrement désolé. Elle se dit qu'il avait peut-être loué l'espace où il allait ouvrir son restaurant sans savoir qu'elle l'avait réservé auprès de Gene Hobart, le propriétaire des lieux. Auquel cas, seul Gene serait responsable de ce qu'elle considérait presque comme une arnaque. Elle savait que ce dernier était un homme d'affaires sans scrupule, parfaitement capable « d'oublier » de dire à Brandon lors des négociations que l'espace qu'il voulait intéressait depuis des années la locataire du restaurant d'à côté. Brandon était peut-être innocent dans toute cette affaire.

— Vous croyez que ça pourrait bien se passer entre nous ? Je ne vois pas très bien comment, dit Jill, s'efforçant de raisonner et de ne pas se laisser gagner par l'émotion.

— Pourquoi dites-vous cela ? Vous vous êtes fait un principe de haïr tous les autres propriétaires de restaurants de la planète ? demanda Brandon en souriant.

D'un côté, Jill appréciait la volonté de son invité de dédramatiser la situation. Mais, de l'autre, elle trouvait qu'il prenait les choses un peu trop à la légère et qu'il était bien sûr de lui et de son charme… Car il avait beau être gentil, il était venu ici pour ouvrir un restaurant. Et il entendait en faire une réussite.

— Mettons les choses au clair, monsieur Clark. Premièrement, vous choisissez d'installer votre restaurant juste à côté du mien, ce qui ne va pas simplifier mes affaires. Deuxièmement et surtout, cela faisait des mois que j'attendais de pouvoir louer l'espace dans lequel vous vous êtes installé. Gene m'avait promis que j'aurais un droit sur ce lieu, mais il n'a pas tenu sa parole. Vous savez pendant combien de temps j'ai épargné pour pouvoir payer le loyer supplémentaire lié à cet espace ?

Interloqué, Brandon resta muet pendant un instant.

— Ecoutez, dit-il d'un ton calme en se penchant vers elle. S'agissant de l'emplacement du *Steak Palace*, vous êtes bien placée pour savoir qu'il n'y a pas de meilleur endroit dans cette ville pour ouvrir un restaurant. Comme toute personne sensée, j'ai fait une étude de marché, sûrement la même que vous, avant de choisir où j'allais m'installer. Vous ne pouvez pas me reprocher d'agir en homme d'affaires avisé. Quant à la promesse que vous avait faite Gene, je n'en savais strictement rien. Je suis allé le voir, il m'a fait une offre sans rien dire de plus. L'affaire a été conclue en moins de deux.

Brandon avait effectivement raison sur bien des points. Et Jill lui faisait suffisamment confiance pour le croire quand il disait qu'il n'était pour rien dans l'affaire de la location. Mais cela n'empêchait pas qu'il n'y avait peut-être pas assez de place à Elm Corner pour deux restaurants. Surtout placés côte à côte !

— Comment vais-je pouvoir attirer de nouveaux clients avec vous à côté ? demanda-t-elle.

— Allons, Jill, je ne veux rien enlever à vos mérites, mais, jusqu'à aujourd'hui, en tant que seul restaurant de la ville, vous aviez la partie plutôt facile.

Il avait beau jeu de dire ça ! songea la jeune femme. Que savait-il des obstacles qu'elle avait dû surmonter pour faire de son établissement une affaire rentable ? Convaincre la population parfois bornée d'Elm Corner de sortir de ses habitudes alimentaires n'avait pas été une mince affaire. Combien d'heures n'avait-elle pas passées à essayer de convaincre les gens de venir faire un tour au *Wildflower*, puis de les inciter à revenir si cela leur avait plu ? Aujourd'hui, elle dégageait des bénéfices, cela ne faisait pas de doute. Mais, au cours des années de vaches maigres, elle avait été plusieurs fois à deux doigts de la faillite. Et elle savait que l'équilibre financier de son restaurant restait fragile. Si une partie de sa clientèle la délaissait durablement, les comptes replongeraient dans le rouge.

— C'est parce que vous saviez qu'il n'y avait qu'un seul restaurant dans la ville que vous avez décidé de vous installer ici, n'est-ce pas ? demanda-t-elle.

— Vous êtes perspicace. Mais je suis prêt à tout avouer. Il y avait effectivement deux critères essentiels pour moi dans ma quête de l'endroit idéal : un, une petite ville, deux, qui ne compte pas trop de restaurants. Elm Corner était donc le lieu rêvé. Je suis juste navré que le propriétaire du seul autre établissement de la ville s'avère être vous. Sincèrement.

— Pas autant que moi, répondit Jill en se levant pour débarrasser. Mais je vous crois quand vous dites que vous êtes désolé d'être mon concurrent. Si vous saviez de quels noms je vous ai traité au cours de ces derniers jours !

— Vous étiez vraiment en colère ? demanda Brandon en la suivant.

— Oui. Parce que mon promoteur m'a doublée, et parce que mes projets sont bouleversés. Mais, maintenant que je vous connais, il serait absurde de continuer à être fâchée. En revanche, je suis toujours aussi inquiète.

Une fois qu'ils furent arrivés dans la cuisine,

Brandon posa les assiettes sales sur le rebord de l'évier.

— Est-ce que… est-ce que cela veut dire que vous n'allez pas m'accompagner au club de gym ? demanda-t-il en lui jetant un regard aiguisé qui la fit frissonner.

Pourquoi continuait-elle à avoir envie de l'embrasser ? Brandon était, objectivement, un ennemi. Il ne fallait rien lui céder.

— Je pense que vous arriverez très bien à vous débrouiller sans moi. Allez voir Cindy Jones, c'est elle qui gère le club. Avec elle, vous êtes sûr d'avoir toutes les informations nécessaires.

— Comme vous voulez, dit Brandon sans desserrer les mâchoires.

Jill commença à faire la vaisselle. Sans qu'elle ait eu besoin de dire quoi que ce soit, Brandon aida à ranger les restes du dîner, allant même jusqu'à secouer la nappe dans le jardin. Il était si gentil, si attentionné. Et si beau ! Il fallait pourtant qu'elle le garde à distance, elle n'avait désormais plus le choix. Elle s'arrêta subitement de laver les assiettes. Le simple fait de penser qu'elle était en compagnie du propriétaire du *Steak Palace* la rendait soudainement malade. Elle savait bien que c'était parfaitement irrationnel, que Brandon n'avait rien d'un monstre. Mais c'était plus fort qu'elle.

— Brandon, je suis désolée, mais j'ai subitement très mal à la tête, dit-elle lorsqu'il revint dans la cuisine.

— Vous voulez de l'aspirine ? Tenez, asseyez-vous, et reposez-vous. Je vais terminer de ranger.

— Ce n'est pas la peine, je vous assure, s'empressa de répondre Jill, tout en se disant qu'il aurait été tellement plus facile d'haïr un goujat. En revanche, au risque de vous paraître impolie, j'aimerais aller me coucher.

— Bien sûr, je vais appeler Kristy.

Restée seule dans la cuisine, Jill s'en voulut d'avoir laissé Zoé organiser cette soirée qui avait tourné à la catastrophe.

Kristy et Zoé entrèrent bruyamment, en se plaignant que la fête soit déjà finie. Malgré leur insistance, Jill ne céda pas. Elle avait besoin de recouvrer ses esprits. D'accepter le fait qu'elle allait avoir un concurrent. Et d'oublier que le corps de ce concurrent la mettait dans tous ses états.

— Merci beaucoup pour le dîner, dit Brandon au moment du départ. J'ai été ravi de vous rencontrer.

46

— Je vous en prie, répondit Jill, sans toutefois lui retourner son sourire. Et bonne chance avec votre… votre projet.

— Cessez de vous tourmenter, Jill, rétorqua Brandon. Je suis sûr qu'Elm Corner est prêt pour avoir deux restaurants florissants. Nous serons complémentaires et non pas concurrents.

— Puissiez-vous avoir raison ! Bonne fin de soirée.

Sur le pas de la porte, Jill regarda Brandon et Kristy monter dans leur voiture, qui démarra quelques instants plus tard puis disparut dans la nuit. Elle se retourna et rentra dans la maison, gagnée par un grand sentiment de lassitude. Elle n'avait qu'une seule envie : aller se coucher et faire comme si cette soirée n'avait jamais eu lieu.

Mais, avant cela, il fallait qu'elle parle à Zoé. Qui avait disparu. Evidemment. Elle devait sûrement bouder dans sa chambre, dépitée que les choses ne se soient pas déroulées comme prévu.

Jill comprenait que sa fille soit déçue et ne voulait pas nécessairement la gronder. Mais elle savait aussi que Zoé était pleine de ressources. Or il était plus que temps de mettre fin à son petit jeu. Jill n'était déjà pas d'accord pour laisser une petite fille de huit ans prendre en main sa vie sentimentale. Alors, si en plus elle s'était mis en tête de faire en sorte que sa mère tombe amoureuse de son pire ennemi, cela allait très mal se passer.

— Alors ? Qu'est-ce que tu penses de Mme Lindstrom ?

Kristy avait posé cette question dès le premier virage.

— Elle est très gentille, répondit Brandon, omettant volontairement de dire que c'était aussi une très belle femme.

— C'est tout ce que tu as à dire ? insista Kristy avec une pointe de déception dans la voix. Moi je la trouve vraiment super. Elle est jolie, elle est sympa. Et c'est une très bonne cuisinière, tu ne trouves pas ?

Brandon se sentit soudainement désarmé face à sa fille. Il savait à quel point elle rêvait d'avoir une maman. Et elle devait sûrement se dire que Zoé ferait une sœur idéale. Rendre son enfant heureux, n'était-ce pas le but ultime de chaque parent ? Encore fallait-il que les moyens envisagés soient de l'ordre du possible. Ce qui n'était évidemment pas le cas. Jill et lui n'allaient quand même pas se mettre ensemble juste pour faire plaisir à leurs filles ! Il était temps de mettre les choses au clair. Brandon ralentit imperceptiblement pour être sûr d'être arrêté par un feu rouge. Il voulait saisir ces quelques secondes de halte pour amorcer la discussion.

— Ma petite Kristy chérie, commença-t-il, la voix tordue par l'émotion. Ce que toi et Zoé essayez de faire pour moi et pour sa maman me touche beaucoup, mais, je t'en prie, il faut que vous vous sortiez cette idée de la tête.

— Qu'est-ce que tu veux dire, papa ? répondit Kristy. On ne fait rien. Rien du tout.

Brandon redémarra lorsque le feu passa au vert. Il sourit en se disant que sa fille était une piètre menteuse. Ce qui était plutôt une bonne chose. Mais, là, il voulait entendre la vérité.

— Allons, allons. Je sais bien que cela fait longtemps que je n'ai pas rencontré de femme, mais quand même. Zoé et toi avez organisé ce dîner dans l'espoir que je tombe amoureux de Jill et vice versa.

Kristy ne dit rien pendant un long moment, regardant simplement par la fenêtre.

— Et alors ? s'exclama-t-elle tout à coup. Ce serait si grave que ça si vous vous aimiez bien ?

La pauvre ! songea Brandon. Qu'il était désagréable de jouer le rôle d'oiseau de mauvais augure ! Mais il fallait lui ouvrir les yeux. Kristy devait commencer à comprendre que la vie n'était pas aussi simple qu'elle voulait bien le croire.

— Ce n'est pas la question, ma chérie. C'est juste que c'est impossible.

— Pourquoi ?

Bonne question. Il se la posait souvent la nuit lorsque, seul dans son lit, il n'arrivait pas à trouver le sommeil. Il parvenait toujours à la même réponse : il ne se sentait pas la force d'aimer de nouveau. Parce qu'il avait trop peur de la souffrance que provoquerait une éventuelle nouvelle disparition.

Mais comment exposer cela à Kristy ? Il ne pouvait se permettre de l'inquiéter avec ses angoisses sur la mort. Sa fille était pleine de vie, pleine de rêves, il ne voulait pas que son caractère s'assombrisse à cause de ses phobies.

— Jill me paraît être quelqu'un de formidable. Mais je n'ai pas envie qu'elle devienne mon amoureuse. Tu sais, ces choses-là, ça ne se commande pas.

Kristy replongea dans un mutisme chagrin. Brandon se dit qu'il valait mieux ne pas insister.

50

Avec le temps, elle comprendrait. Evidemment, elle avait placé tellement d'espoirs dans cette soirée que le choc était rude. Cela lui passerait.

Pendant qu'il garait sa voiture, l'image de Jill lui apparut. Elle dégageait une telle grâce, une telle sensualité. Et puis ils avaient partagé un bon moment ensemble. Du moins, jusqu'à ce qu'elle le mette à la porte parce qu'il était également restaurateur.

Son instinct de mâle privé depuis trop longtemps d'un corps de femme lui avait chuchoté pendant toute la soirée qu'il fallait apprendre à mieux la connaître. Leur vive discussion professionnelle sur la concurrence l'avait cependant ramené à la raison. Il valait sûrement mieux que ça se soit passé comme cela. Même si ça rendait Kristy malheureuse.

— Zoé ! cria Jill, tâchant de couvrir de sa voix la musique qui provenait de la chambre de sa fille. Il faut qu'on parle !

Elle avait résolu de ne pas s'énerver. Elle prit donc son mal en patience en attendant que Zoé ouvre la porte.

Quelques minutes plus tard, la musique s'arrêta et la porte s'ouvrit tout doucement. Zoé se tenait debout au milieu de la chambre, les bras croisés, la moue boudeuse, et adressa un regard plein de reproches à sa mère.

Qu'il était dur d'être parent parfois ! songea Jill. Comment dire à un enfant d'arrêter de faire quelque chose quand on savait qu'il était bien intentionné ?

— Ma chérie, ne fais pas la tête, dit-elle en caressant le front de sa fille.

Mais Zoé refusa de se laisser toucher et se jeta sur son lit.

— Tu les as mis à la porte ! Pourquoi ? hurla-t-elle en sanglotant.

— Ce n'est pas tout à fait vrai, ma chérie, répondit Jill, tout en se sentant quand même un peu coupable de la façon dont elle avait mis fin à la soirée. Disons que j'avais besoin que Kristy et son papa partent. Plus vite que tu ne l'avais espéré, Zoé. C'est d'ailleurs surtout de ça dont je veux te parler. Je sais ce que Kristy et toi manigancez, je sais pourquoi vous teniez tellement à ce dîner. Alors je préfère te le dire tout de suite : il ne se passera rien entre Brandon Clark et moi.

— Pourquoi ? Tu ne le trouves pas bien ?

Zoé avait la voix cassée par l'émotion. Jill avait

le cœur brisé rien qu'à l'entendre. Sa fille avait été gravement perturbée par son divorce avec Doug. Il avait fallu des années d'amour et d'attentions quotidiennes pour réparer, du moins en partie, les dégâts provoqués par cette séparation. Le fait qu'elle avait envie que sa mère se mette de nouveau en couple avec quelqu'un était plutôt une chose positive. Cela prouvait qu'elle croyait en l'amour malgré la piètre représentation que lui en avaient donnée ses parents. Mais une relation et encore moins une famille ne se commandaient pas sur un claquement de doigts. Cela, il fallait absolument qu'elle le comprenne. Même s'il en coûtait à Jill de tuer dans l'œuf les espoirs de sa fille.

— Brandon… M. Clark est un homme charmant, expliqua-t-elle. Tu as très bon goût en la matière, ma chérie. Mais… comment dire, je ne veux pas, du moins pas pour l'instant, m'engager dans une histoire d'amour. C'est comme ça et il faut que tu l'acceptes.

— Mais pourquoi ? On a tous besoin d'amour.

Jill sourit. Elle était touchée par la belle innocence de sa fille. Un trait de caractère qu'elle n'allait certainement pas altérer en lui disant

53

que la peur de l'abandon pouvait être plus forte que ce besoin. Après tout, Zoé n'avait que huit ans. Elle découvrirait bien assez tôt les cruautés de la vie.

— C'est vrai, mais, à ce stade de ma vie, j'en ressens moins la nécessité que quand j'étais plus jeune. Et je t'avoue qu'en ce moment je préfère me concentrer sur le restaurant plutôt que de chercher un amoureux.

— Mais enfin, maman ! Un restaurant ne remplacera jamais un prince charmant. Un restaurant ne peut pas te prendre dans ses bras. Qu'est-ce que tu feras avec un restaurant quand tu seras seule et âgée ?

— Cela ne regarde que moi. Mais je voudrais que tu comprennes bien que Brandon ne m'intéresse pas. Surtout maintenant que je viens d'apprendre qu'il est le propriétaire du *Steak Palace*. Je ne sais pas si Kristy et toi aviez imaginé d'autres stratagèmes, mais j'exige que votre machination s'arrête. D'accord ? Je vais également en parler à ton grand-père.

— Maman, qu'est-ce que cela peut faire que M. Clark ait également un restaurant ?

— Cela peut être très mauvais pour le

Wildflower. Même à ton âge, j'imagine que tu peux comprendre pourquoi.

Jill ne quitta pas sa fille des yeux, attendant sa réponse. Elle regretta toutefois d'avoir laissé poindre ses inquiétudes concernant l'avenir du restaurant. Une petite fille n'avait pas à se soucier de ce genre de choses. A la première occasion, elle rectifierait le tir.

— Est-ce que je peux lire un peu avant de me coucher, maman ?

— Si tu veux. Mais arrête d'essayer de nous mettre ensemble, M. Clark et moi. Tu me le promets ?

— Oui, maman, répondit Zoé avec un sourire un peu trop malicieux au goût de Jill.

La rapidité avec laquelle la petite fille avait baissé les armes ne lui disait rien de bon. Elle ne la connaissait que trop bien. Têtue comme une mule. Et rusée comme un renard. Mais elle était trop fatiguée pour insister. Et, cette fois, elle avait vraiment mal à la tête.

— Tu lis encore un quart d'heure et ensuite tu dors, d'accord ? Bonne nuit, ma chérie.

— Bonne nuit, maman.

Jill referma la porte de la chambre de Zoé en

se demandant quel était le prochain tour que sa fille allait lui jouer.

Son seul espoir, en attendant de lui faire entendre raison, était qu'elle lui laisse quelques jours de répit.

3.

Au lendemain du dîner chez les Lindstrom, Brandon fut introduit dans un petit bureau jouxtant celui de la directrice de l'école élémentaire d'Elm Corner. Sans surprise, il aperçut Jill qui était assise sur l'une des chaises branlantes alignées contre le mur.

Elle était vêtue d'un jean et d'un très joli pull en cachemire rose. Elle avait noué ses cheveux dorés en une queue-de-cheval, une coiffure qui permettait à Brandon d'admirer les lignes parfaites du visage de cette femme décidément si belle.

En s'approchant d'elle, il sentit son cœur battre de plus en plus fort. Il avait une furieuse envie de se jeter sur elle et d'embrasser fougueusement ses lèvres magnifiques, même quand elles faisaient la moue.

Jill tourna lentement la tête vers lui et esquissa un sourire plus que méfiant. Apparemment, elle le considérait toujours comme le grand méchant loup dont le seul et unique but était de la ruiner.

— Jill, comment allez-vous ? demanda-t-il. Quand l'école m'a appelé tout à l'heure, je me suis dit que je n'allais pas manquer de vous retrouver ici. J'ai l'impression que nos chères enfants n'en ont pas fini avec leur petit numéro.

Elle se leva, lissant son pull d'un geste gracieux.

— Zoé a été surprise en train de se battre. Avec qui ? Kristy bien sûr. C'est ce qu'on vous a dit ?

— C'est ça, confirma Brandon. Elles ont du culot tout de même, après le savon que nous leur avons passé hier. Enfin, je présume que, vous aussi, vous avez eu une discussion avec votre fille au sujet de leur fameux projet.

Aux yeux de Brandon — Jill semblait d'ailleurs du même avis — il ne faisait en effet aucun doute que la bagarre entre les deux filles était un nouveau coup monté. Parce que, pas plus tard qu'hier, elles s'entendaient encore à merveille. Parce qu'il savait que Kristy n'avait pas une once de violence en elle, pas plus, sans nul doute, que Zoé. Et parce que les petites comploteuses savaient très bien que les parents étaient immédiatement convoqués ENSEMBLE dans le bureau de la directrice en cas de bagarre.

— Zoé m'a promis hier qu'elle cesserait toute intrigue. Mais je ne l'ai pas crue une seule seconde. Je trouve simplement incroyable qu'elles aient enchaîné leur deuxième coup aussi vite. Comme si elles étaient pressées par le temps.

— Monsieur Clark ? Madame Lindstrom ? Veuillez entrer, je vous prie.

Jill se précipita à l'intérieur du bureau de Mme Jacobs, la directrice de l'école, suivie de Brandon. Ils se retrouvèrent dans un espace plutôt sombre, qui sentait le renfermé. Les dessins des enfants accrochés aux murs apportaient heureusement une touche de gaieté à la pièce.

Brandon s'assit à côté de Jill. C'était la première fois qu'il était convoqué en tant que parent.

— Madame Lindstrom, monsieur Clark, je n'irai pas par quatre chemins. Comme vous en avez déjà été informés par téléphone, Zoé et Kristy se sont battues pendant la récréation.

— Je ne sais pas quoi vous dire, s'empressa de déclarer Jill, manifestement tout aussi gênée que lui par la situation.

— Moi non plus, enchaîna Mme Jacobs. Zoé et Kristy s'entendent si bien normalement !

Mme Sanderson, l'institutrice à qui revenait la charge de surveiller la cour de récréation, les a surprises juste après le déjeuner. Elles roulaient sur l'herbe en se tirant les cheveux.

— Vous leur avez parlé ? demanda Brandon, qui n'en croyait pas ses oreilles.

Sa petite fille était-elle vraiment capable d'aller jusqu'à de telles extrémités pour qu'il tombe amoureux ?

— Bien sûr, dit Mme Jacobs. Le sujet de la dispute était, d'après elles, une poupée que Kristy aurait empruntée et jamais rendue. Je dois avouer que, les connaissant, cela me paraît pour le moins étrange. Elles qui sont d'ordinaire si bien élevées, si bonnes camarades, je ne les vois pas se battre pour une raison aussi futile.

Jill poussa un grand soupir puis s'éclaircit la gorge, manifestement embarrassée par ce qu'elle s'apprêtait à dire.

— Nous partageons votre analyse, madame Jacobs. Zoé et Kristy s'entendent effectivement à merveille — M. Clark et moi-même avons encore pu le constater hier — et cette dispute autour d'une poupée n'a été qu'un prétexte pour… pour nous réunir. Car, voyez-vous, les deux filles se sont mis en tête de… de… allez-y, Brandon, je n'y arrive pas.

— Si je puis m'exprimer dans les termes de Zoé et Kristy, elles souhaitent que Mme Lindstrom et moi-même « formions une famille ». Et j'ai bien peur qu'elles aient élaboré tout un plan pour parvenir à leurs fins.

— Je vois, dit Mme Jacobs d'un air incrédule. Elles se sont battues pour faire en sorte que vous vous retrouviez convoqués ensemble dans mon bureau.

— Exactement. Et le pire, c'est que ça marche ! s'exclama Jill, qui avait du mal à cacher son énervement.

— On peut effectivement dire qu'elles vous ont piégés, poursuivit la directrice. Mais cela ne justifie pas pour autant leur conduite inqualifiable lors de la récréation.

— Cela va de soi. Il n'était pas dans notre intention de vous demander de passer l'éponge, intervint Brandon, s'apercevant trop tard qu'il avait utilisé le « nous » comme si Jill et lui formaient un couple. Il me paraissait simplement important que vous connaissiez la vraie raison de leur comportement.

— Quelle punition prévoit le règlement en cas de bagarre ? enchaîna Jill.

— Pendant trois jours, Zoé et Kristy devront rester à l'école après les cours pour nettoyer la salle de classe.

— Parfait, dit Brandon. Soyez assurée que Kristy écopera d'une punition supplémentaire à la maison et que nous aurons une longue conversation tous les deux.

— J'en ferai de même, ajouta Jill. Même si elle est feinte, je ne tolère pas la violence physique.

— Tout cela me semble aller dans le bon sens, dit Mme Jacobs en guise de conclusion. J'espère que vous parviendrez rapidement à leur faire entendre raison, car je serais attristée d'infliger d'autres punitions à deux petites filles qui sont à tout point de vue adorables.

Tout le monde se leva. Jill et Brandon prirent congé de la directrice de l'école et sortirent de son bureau en silence. Perdu dans ses pensées, Brandon suivit Jill jusqu'au parking. Au moment où elle allait monter dans sa voiture, elle se retourna vers lui.

— Je n'arrive pas à croire qu'elles aient fait ça. Je suis hors de moi. Zoé ne perd rien pour attendre.

Brandon comprenait son énervement. Il ne put pourtant s'empêcher de se dire que Jill était encore plus belle lorsqu'elle était en colère. Mais ce n'était pas le moment de penser à ce genre de choses. Il fallait trouver une solution pour mettre fin aux agissements des filles.

— J'ai pourtant été très clair avec Kristy hier soir. Elle m'a désobéi.

— Moi aussi, j'ai discuté avec Zoé, dit Jill, un sourire amer sur les lèvres. Elles se jouent de nous.

— Je pense surtout que nous n'avons pas pris la pleine mesure de leur détermination. Ecoutez, je ne veux pas vous imposer ma présence, mais je pense que nous avons intérêt à nous mettre d'accord sur la façon de contrecarrer leur plan. Si nous prenions un café pour en parler ?

— Que nous passions encore du temps ensemble ? Mais vous ne comprenez donc pas que c'est exactement le but recherché ?

— Vous avez raison. Mais il faut bien faire quelque chose. Nous n'allons quand même pas attendre, impuissants, le prochain coup monté. Je ne vous propose pas un rendez-vous, simplement de définir ensemble un plan d'attaque, ou plutôt de défense puisque c'est nous qui sommes attaqués.

Jill observa un long moment de silence, pesant sûrement le pour et le contre.

— D'accord, je vous suis, finit-elle par répondre. Mais uniquement parce qu'il s'agit d'un cas de force majeure. Et je vous préviens que je n'ai pas beaucoup de temps. Nous sommes aujourd'hui vendredi, un jour où le *Wildflower* ne désemplit pas. J'ai beaucoup de travail.

— Comme vous voudrez. D'ailleurs, j'ai un rendez-vous à 15 heures.

Ils décidèrent de se retrouver cinq minutes plus tard au Café Parisien, un des endroits les plus chic de la ville. Une fois derrière son volant, Brandon fut envahi par un sentiment de tristesse. Comment en vouloir à Kristy d'avoir envie d'une famille, d'une nouvelle maman, d'une sœur ? Son enfance avait été rude jusqu'à présent, avec la disparition de Sandy, le fait qu'il n'ait pas souvent été à ses côtés lorsqu'il était avocat et, plus récemment, le déménagement, ici, à Elm Corner. Elle avait eu du mal à trouver ses marques au début. Et puis il y avait eu Zoé. Et Brandon avait pu constater, jour après jour, le mieux-être de sa fille à partir de cette rencontre. Il ne savait pas à quel moment les deux petites filles avaient imaginé de réunir leurs parents respectifs. Mais il était évident que cette perspective avait joué un rôle non négligeable dans le bonheur de Kristy.

Pourtant, il fallait lui montrer la réalité en face. Et le plus tôt serait le mieux.

Installée dans le coin le plus reculé du café, Jill observa Brandon qui commandait leurs boissons. Pourquoi était-il à la fois si charmant et si imposant ? Par quelle cruelle ironie du sort fallait-il que son concurrent soit aussi le plus bel homme qu'elle ait rencontré depuis une éternité ?

Elle n'osait pas se l'avouer, mais elle avait rêvé de lui cette nuit, de ses lèvres si sensuelles, de son corps si parfait. Elle en était venue à se demander ce qu'elle ferait s'il la prenait brusquement dans ses bras. Elle succomberait, sans nul doute. Quelle volupté, quel plaisir aurait-elle à se donner à lui !

Mais c'était impossible ! Jill se pinça sous la table pour recouvrer un semblant de raison. Elle était là pour parler du projet farfelu de deux petites filles. La conversation ne devait pas dévier sur des sujets trop personnels ! Pour se donner du courage, elle s'efforça de ne voir en Brandon que le propriétaire du *Steak Palace*, l'homme qui avait juré sa perte.

Zoé et Kristy devaient être punies. Brandon n'avait aucune place dans sa vie. Le débat était clos !

Brandon s'approcha, une grande tasse de café dans chaque main. Le voyant de plus près, elle se sentit de nouveau fondre. Il était non seulement beau, mais aussi très élégant. Il portait un pantalon beige parfaitement coupé, une chemise blanche ni trop ample ni trop serrée, qui mettait bien en valeur sa poitrine, et une veste en cuir marron qui tombait parfaitement sur ses larges épaules. C'était comme si ses fantasmes les plus fous s'étaient matérialisés sous les traits de Brandon. Prise d'un désir violent, elle se tortilla sur son siège. Furieuse de constater que son corps faisait mentir sa raison, elle se rassura en se disant que le fait qu'elle n'ait pas partagé l'intimité d'un homme depuis des années-lumière n'était pas étranger à ce brusque accès de fièvre.

Brandon posa les cafés sur la table puis s'assit. Ses genoux frôlèrent les siens, ce qui décupla son envie — qu'elle s'efforçait pourtant de réfréner tant bien que mal — de se jeter contre lui. Jill recula aussitôt, se maudissant intérieurement d'avoir choisi une table si petite.

— Merci, dit-elle.

Elle but plusieurs gorgées de café dans l'espoir que le breuvage allait achever de la calmer.

— Je vous en prie, répondit-il en buvant à son tour, sans la quitter des yeux. Alors ? Comment fait-on ?

— Aucune idée. Ce qui est sûr, c'est que leur parler ne sert à rien.

— Il faut avant tout que nous soyons honnêtes l'un envers l'autre. Sinon nous ne parviendrons pas à opposer un front uni à nos charmantes comploteuses.

— C'est-à-dire ?

— Premièrement, il s'agit de comprendre pourquoi Kristy et Zoé ont tellement envie que nous formions un couple.

— Ce n'est pas compliqué. Zoé veut un nouveau père, Kristy une nouvelle mère et elles adore-raient être sœurs.

— Nous sommes donc d'accord. Vous savez, ces derniers temps, Kristy ne parle que de bijoux, de robes, de shopping. J'avoue que je suis parfois un peu dépassé.

Jill fut touchée par cette confidence. Cela ne

devait pas toujours être facile pour Brandon. Et Kristy devait parfois être frustrée.

— Zoé et moi, nous faisons les magasins ensemble. Si vous voulez, je peux proposer à Kristy de venir avec nous.

— Je vous suis reconnaissant de vous préoccuper du bien-être de ma fille malgré nos différends… professionnels.

— Je suis bien placée pour savoir qu'il n'est pas toujours simple pour une petite fille de ne pas avoir de mère. Et ce n'est évidemment pas la faute de Kristy si vous avez décidé d'installer un restaurant à côté du mien. Cela me fait plaisir de m'occuper un peu d'elle, je vous assure. Et Zoé sera ravie.

— Merci, merci beaucoup, répondit Brandon en jouant nerveusement avec le sachet de sucre. Parlez-moi un peu de Zoé. D'après vous, quelles sont ses motivations ?

— C'est une bonne question. Car, après tout, mon père habite avec nous et elle voit son père plus ou moins régulièrement, donc on ne peut pas dire qu'elle n'ait pas de figures paternelles dans sa vie.

— Qu'est-ce qui lui manque alors ?

— Je crois qu'elle rêve d'une vie de famille,

avec un père, une mère et deux sœurs qui habitent sous le même toit. Et puis, vous savez comment sont les petites filles, elles s'inquiètent pour leurs parents. Je pense qu'elle veut aussi que sa mère tombe éperdument amoureuse. Elle veut que je trouve un prince charmant.

— Je comprends. Maintenant que nous avons tiré au clair leurs motivations, il nous faut réfléchir à la meilleure façon de mettre un terme à leur machination.

— Il suffit de leur dire que leur plan ne marchera pas, un point c'est tout.

— C'est une évidence pour nous, Jill. Mais pas nécessairement pour elles. Il faut que nous ayons des arguments à leur opposer. Sinon elles s'entêteront.

Brandon avait raison. Il fallait verbaliser, expliquer. Mais n'était-ce pas dangereux d'explorer les raisons qui rendaient impossible leur union ? Jill ne voulait pas se mettre à nu devant lui, elle ne voulait pas lui dire qu'un homme l'avait fait atrocement souffrir et qu'elle redoutait que cela se reproduise. Il fallait se contenter de dire aux filles que deux concurrents n'étaient pas faits pour s'entendre.

— Nous possédons chacun un restaurant.

Nous avons donc des motivations diamétralement opposées. N'est-ce pas suffisant comme argument ?

— Oui et non. Car elles pourraient nous dire que nous sommes opposés sur un plan professionnel, mais que cela n'implique pas nécessairement que nous le soyons aussi sur un plan personnel.

— Mais c'est lié ! s'exclama Jill. Ne serait-il pas bizarre que les deux seuls propriétaires de restaurants dans la ville aient une relation ? J'imagine qu'en tant qu'ancien avocat d'affaires vous avez déjà entendu parler de « conflit d'intérêts » ?

— Evidemment. Et vous avez raison. Sauf que votre raisonnement vaut pour un adulte, mais pas pour deux petites filles qui ne connaissent rien au monde des affaires. Il faut trouver autre chose.

— Qu'est-ce que vous leur diriez alors ?

— La vérité. Nous n'avons pas le choix. Il faut que nous leur expliquions pourquoi ni vous ni moi n'avons envie de nous engager dans une nouvelle relation. Car, au fond, c'est bien de cela qu'il s'agit, non ?

Jill était touchée par la sincérité de Brandon. Par sa façon finalement très simple de dire les choses. Elle s'était résolue à ne pas marcher sur le terrain glissant des confidences. Mais il était trop tard. Elle voulait savoir pourquoi cet homme si posé, si gentil, était effrayé par la perspective d'une nouvelle relation. Lui aussi avait dû beaucoup souffrir.

— Que s'est-il passé dans votre vie, Brandon ? demanda-t-elle d'une voix douce. Pourquoi avez-vous peur du couple ?

Avant de commencer son récit, il finit son café et se passa une main sur le visage. Un voile de tristesse s'était posé sur ses yeux.

— J'imagine que vous savez que je suis veuf.

— Oui. Zoé me l'a dit. Je suis désolée, vraiment.

— Merci. A la mort de Sandy, j'étais effondré. Pourtant, j'avais eu du temps pour m'y préparer : elle a été emportée par un long et douloureux cancer.

Les larmes montèrent aux yeux de Jill. C'était donc ça ! Comme cela avait dû être terrible pour lui ! Et pour Kristy. Brandon avait baissé la tête, manifestement ému de partager une douleur qui devait encore être vive.

— A vrai dire, je ne m'en suis toujours pas

71

remis, poursuivit-il. La disparition de ma femme m'a tellement bouleversé, et me bouleverse encore, que je me suis interdit jusqu'à la fin de mes jours de me mettre en position de connaître de nouveau un tel déchirement.

— C'est pour cela que vous ne voulez pas d'une relation avec moi ? demanda Jill, qui reçut l'aveu de Brandon, si courageux pourtant, comme une flèche en plein cœur.

— Il ne s'agit pas de vous personnellement, mais de toutes les femmes. Je vous prie de ne pas vous sentir offensée. S'il n'y avait que le fait que nous soyons concurrents, j'aurais déjà succombé à votre charme. Mais je suis simplement incapable de me projeter dans une relation.

Jill sentit une boule monter dans sa gorge. Elle qui jusqu'ici était persuadée d'avoir vécu un enfer avec Doug se dit que Brandon avait dû subir une épreuve bien pire encore. D'autant plus que lui n'avait pas eu le choix. La mort n'offrait pas de deuxième chance.

Elle avait envie de prendre Brandon dans ses bras, de consoler cet homme d'apparence si solide qui saignait encore de l'intérieur. Elle se retint en se rappelant qu'elle avait devant elle le propriétaire du *Steak Palace*. Il ne fallait pas que la soudaine sympathie qu'elle ressentait pour lui la détourne de sa détermination à ne pas se rapprocher de Brandon. Un concurrent. Beau, certes, et touchant. Mais un concurrent quand même.

En attendant, elle n'avait pas d'autre choix que de lui ouvrir son cœur, comme lui avait ouvert le sien. Jill n'aimait pas évoquer son passé douloureux avec Doug, son ex-mari qui lui avait fait tant de mal. Il l'avait non seulement quittée pour une autre, mais en plus, et surtout, il l'avait toujours traitée avec mépris, lui répétant inlassablement qu'elle n'arriverait jamais à rien. Le succès du *Wildflower* lui avait heureusement permis de reconquérir une confiance en elle qu'elle croyait à jamais perdue.

— Je suis divorcée. Depuis six ans. En résumé, je dirai que Doug m'a quittée pour une autre femme, me laissant seule avec Zoé, qui était encore toute petite. Ajoutons à cela que la séparation s'est mal passée. Je suis contente que Zoé revoie son père et je ne dirai jamais du mal de lui devant elle, mais, pour ma part, je refuse d'avoir le moindre contact avec lui.

— Je suis navré, dit Brandon avec un air sincèrement compatissant.

— Après cette douloureuse expérience, je me suis promis de me tenir bien à l'écart de tout ce qui pouvait, de près ou de loin, ressembler à de l'amour. Je ne supporterai pas d'être une nouvelle fois délaissée. Alors je fais en sorte que cela ne puisse jamais arriver.

Jill n'en dit pas plus. Mais elle aurait pu lui expliquer à quel point Doug l'avait détruite psychologiquement. A la fin de leur relation, juste avant que le divorce ne soit prononcé, elle se sentait comme une moins que rien, incapable d'accomplir la moindre chose, tant il l'avait systématiquement, et méthodiquement, cassée, rabrouée.

— Vous savez quoi, Jill ? Je propose que nous fondions un club de gens écorchés par la vie. On l'appellerait « L'amour, plus jamais ça ».

Jill sourit. Elle appréciait la formule de Brandon. C'était une grande force de pouvoir mettre à distance les drames de la vie grâce à l'humour. Elle lui était également reconnaissante de ne pas poser davantage de questions sur les circonstances de son divorce.

— Bon. Maintenant que nous nous sommes tout dit, et qu'il est bien établi qu'une relation entre nous est rigoureusement impossible, que fait-on ? demanda-t-elle. Comment expliquer tout cela aux filles ?

Une jeune femme, Leslie Shipley, la cheftaine guide de Zoé, vint interrompre leur tête-à-tête, empêchant Brandon de répondre.

— Bonjour, Leslie, comment vas-tu ?

Jill aimait bien Leslie, parce que sa fille en était absolument dingue, mais aussi et surtout parce qu'elle était très douée pour combiner jeux et apprentissage.

— Jill, Brandon, cela tombe bien que je vous trouve tous les deux, répondit Leslie. Je peux ainsi vous remercier en personne de vous être l'un et l'autre portés volontaires pour accompagner les filles demain lors de notre excursion à la plage.

Jill sentit son corps se raidir.

— Je ne savais pas que vous deviez également venir, dit-elle en fixant Brandon d'un regard paniqué.

Ce n'était pourtant pas étonnant puisque Kristy avait rejoint les guides sur les conseils de Zoé. C'était néanmoins un choc de savoir qu'elle allait encore devoir passer une partie de sa journée du lendemain avec Brandon. Ils ne se quittaient décidément plus.

— Cela fait un petit moment déjà que Brandon nous a donné son accord pour être accompagnateur, souligna Leslie, qui se sentit obligée de clarifier la situation.

Jill ne manqua toutefois pas de remarquer que la jeune femme se délectait de les avoir trouvés ensemble. Elle devait sûrement se poser plein de questions. Peut-être les filles l'avaient-elles également enrôlée dans leur complot !

— Kristy a beaucoup insisté pour que je vienne. Comme je n'avais pas de raison valable de refuser, j'ai accepté, répondit Brandon.

Bien sûr. C'était normal. Elle ne pouvait quand même pas lui reprocher de vouloir passer du temps avec sa fille. Jill avait cependant la désagréable impression de ne plus rien contrôler. Elle se rassura en se disant que la plage était grande et que rien ne l'obligeait à rester constamment auprès de Brandon.

— Zoé m'a assuré que vous teniez beaucoup à faire équipe ensemble, poursuivit Leslie, avec un grand sourire qui mit Jill mal à l'aise. Je me suis donc permis de vous nommer responsables d'un groupe de cinq filles, qui comprend évidemment Zoé et Kristy. Et, comme vous avez l'air de bien…

vous entendre, je présume que cela ne vous pose pas de problème de partager une voiture ?

— Je… un instant. Je ne suis pas du tout d'accord ! s'exclama Jill, horrifiée. C'est impossible !

Il était hors de question qu'elle passe plusieurs heures à côté de Brandon dans un espace clos.

— Je ne vois pas comment on peut faire autrement, répondit Leslie d'une voix faussement innocente. Je pourrais prendre toutes les filles dans ma voiture, mais elles seraient vraiment serrées et, surtout, il n'y aurait pas de place pour vous. La mère de Melanie Rutgers, l'autre accompagnatrice, a également une voiture, mais il est prévu que nous la retrouvions sur place. J'ai bien peur que vous n'ayez pas le choix.

Jill allait ouvrir la bouche pour dire qu'elle ferait le trajet seule avec Zoé quand elle se rappela que son père avait besoin de sa voiture demain. Il devait aider un ami à déménager. La belle excuse ! Il l'avait fait exprès, elle en était sûre !

Elle rongea son frein. Il aurait été ingrat de faire un scandale devant Leslie, elle qui se dévouait tant pour les filles. Elle était coincée ! Une fois de plus !

— Je comprends, dit-elle d'une voix résignée,

hochant mécaniquement la tête. Puisque nous n'avons pas le choix, je m'adapterai.

Leslie parut soulagée de cette réponse. Elle prit congé et s'en alla, non sans se retourner plusieurs fois vers eux d'un air curieux.

— Zoé a encore frappé ! s'exclama Jill. Elle va m'entendre ! Elle nous a bien coincés !

— Un coup de maître. Votre fille est décidément redoutablement intelligente, répondit Brandon de façon posée. Cela dit, je pense qu'il ne sert à rien de s'énerver. Au contraire, plus nous agirons de manière détachée, plus nous les découragerons. N'oubliez pas que Kristy et Zoé nous observent sans cesse. Une trop grande proximité entre nous ou, au contraire, une trop grande distance les inciterait à continuer à intriguer. Tandis que, si nous montrons que nous nous entendons bien, sans plus, et que cela ne nous fait ni chaud ni froid de passer du temps ensemble, alors nous pourrions peut-être venir à bout de leur bonne volonté.

— Vous êtes sûr ? Cela me paraît alambiqué.

— A ce stade, je ne vois pas comment faire autrement. Et, surtout, ne grondez pas Zoé. De mon côté, je ne dirai rien à Kristy. Nous aurons toujours le temps de mettre les points sur les i. Mais là, si vous en êtes d'accord, il vaut mieux agir comme si de rien n'était.

Brandon n'avait pas tort, songea Jill. Pour le moment, il ne servait à rien de vouloir faire entendre raison aux filles. Leur détermination semblait inébranlable et leur plan rudement bien ficelé.

Mais la peau de Jill était parcourue de frissons rien qu'à l'idée de passer une journée entière avec Brandon. Un homme décidément intelligent, et un père aimant et attentionné. Et toujours aussi beau par-dessus le marché. Etait-ce pour toutes ces raisons qu'elle était de plus en plus attirée par lui ?

4.

Les cinq filles installées à l'arrière avaient beau chanter atrocement faux depuis plus d'une heure, Brandon était heureux de conduire cette voiture pleine de vie. Car il savait que Kristy, sa petite fille chérie qu'il avait tant de fois vue triste et abattue, nageait en plein bonheur au milieu de ses petites copines.

D'après ses calculs, ils devraient arriver d'ici un quart d'heure. Il constatait avec satisfaction que le soleil commençait à percer à travers la brume matinale et que le ciel bleu gagnait du terrain. Avec un peu de chance, le temps allait être magnifique pour cette escapade à la plage.

Brandon ne put contenir un large sourire lorsqu'il se rendit compte que Jill, assise à côté de lui, fredonnait les comptines en même temps que les enfants. Elle appréciait manifestement ce moment autant que lui.

Elle était d'ailleurs tellement absorbée qu'il eut le loisir de l'admirer en toute liberté. Malgré la tenue plutôt sportive qu'elle avait enfilée pour l'occasion — vieux jean délavé, gros pull vert foncé — elle était plus belle que jamais, une présence lumineuse et gracieuse qu'il prenait plaisir à sentir si près de lui.

Brandon étant un conducteur responsable et consciencieux, il s'interdit de regarder Jill plus de trois secondes d'affilée pour, malgré tout, rester concentré sur la route.

— Vous connaissez cette chanson ? lui demanda-t-il en s'efforçant de prendre un air détaché.

— C'est une chanson de guide. Je l'ai chantée je ne sais combien de fois lors des innombrables camps que j'ai faits durant mon enfance.

Brandon allait réagir lorsqu'il fut interrompu par un éclat de rire venant de l'arrière. Il jeta un coup d'œil dans le rétroviseur et vit sa fille prendre part à l'hilarité générale. Kristy avait vraiment trouvé une bande de copines formidables. Et cela valait tous les sacrifices du monde. Y compris subir la torture extrême de devoir passer du temps auprès d'une femme à la fois superbe et intouchable.

— C'est moi qui vous fais sourire ? demanda Jill.

— Non, je suis juste heureux de voir Kristy si épanouie.

— Pourquoi cela vous paraît-il si exceptionnel ? C'est une petite fille adorable, qui aime s'amuser.

— Ce n'était pourtant pas le cas lors de notre installation à Elm Corner. Elle a mal vécu le déménagement et le changement d'école. Je me suis senti coupable pendant des semaines.

— Je connais le problème. Je pense même qu'on pourrait établir une sorte d'équation mathématique entre le fait d'être parent et ce sentiment de culpabilité. On a tellement peur de se tromper !

— Remarque très pertinente, madame la psychologue. Et je suis d'ailleurs un parfait exemple de votre théorie puisque, avant de me sentir coupable de la faire changer de vie en venant ici, je me sentais coupable de ne pas passer assez de temps avec elle lorsque j'étais avocat à Los Angeles. On n'en sort jamais.

— Mais si, puisque vous faisiez remarquer vous-même que vous n'aviez jamais vu votre fille aussi heureuse.

— C'est vrai. Et le bonheur de Kristy est ma priorité numéro un.

— Et je suppose que… la réussite du *Steak Palace* est votre priorité numéro deux ? demanda-t-elle après un long silence.

Il avait suffi à Brandon de lancer un regard furtif vers Jill pour constater que le corps de sa voisine s'était raidi d'un coup.

— C'est vraiment un sujet de préoccupation pour vous, n'est-ce pas, le fait que nous soyons concurrents ?

— Oui. Je suis désolée, mais c'est plus fort que moi, dit-elle sans desserrer les lèvres. La perspective de faire faillite ne m'enchante guère.

— Est-ce vraiment le moment d'en parler ? répliqua Brandon d'un ton légèrement agacé. Bien sûr que je veux que mon restaurant soit florissant, mais cela n'implique pas nécessairement que vous mettiez la clé sous la porte.

— Ah bon ? Et comment pouvez-vous en être si sûr ? Vous direz à vos clients d'avoir pitié de la pauvre propriétaire du *Wildflower* ? Qu'elle mérite bien qu'on lui fasse de temps à autre l'honneur d'une visite ?

— Vous dramatisez la situation. Vous ne voulez pas que l'on change du sujet de discussion ?

— Impossible ! Le *Steak Palace* me hante jour et nuit. Et le fait que je commence à mieux connaître le propriétaire de ce lieu maudit et qu'il n'est pas aussi odieux que je me plaisais à l'imaginer n'arrange pas les choses.

— Je comprends vos inquiétudes, mais…

— Non, vous ne comprenez pas, le coupa-t-elle. Vous ne pouvez pas comprendre ce que c'est que de se tuer à la tâche pendant deux ans puis de voir le fruit de son travail volé par un autre !

Pourquoi employait-elle des mots aussi durs ? « Voler », « maudit », cela ne lui correspondait pas du tout ! Brandon commença à avoir un goût amer dans la bouche, lui qui s'était tellement réjoui de passer la journée avec Jill.

— Encore une fois, Jill, je ne suis pas un monstre ! Et je n'ai pas juré votre perte !

— Je sais, Brandon, je sais, concéda-t-elle. Mais vous êtes une menace pour moi, que vous le vouliez ou non. Comment puis-je faire abstraction de cela ?

— Vous voir dans un tel état d'esprit me désole, Jill. Mais, en même temps, je ne peux plus reculer. Je suis venu ici pour ouvrir un restaurant, je ne changerai pas d'avis.

— Je sais. C'est bien là tout le problème.

Comment voulez-vous que je me détende alors que je dois passer la journée avec vous ? Vous, mon cauchemar personnifié !

Toute la bonne humeur du début du voyage avait disparu. Brandon s'était levé en se disant qu'il profiterait de l'excursion pour se rapprocher de celle dont l'image ne cessait de danser devant ses yeux. Mais elle venait de mettre entre eux une distance infranchissable.

Jill sentit son cœur battre à toute vitesse. Elle savait qu'elle avait alourdi l'atmosphère. Avant de partir, elle s'était pourtant résolue à éviter toute tension avec Brandon. Mais elle n'avait pu taire l'inquiétude qui la rongeait depuis deux jours.

Elle garda le silence pendant les dix dernières minutes du trajet, se rongeant frénétiquement les ongles. Par chance, à en juger par les gloussements répétés venant de l'arrière, les filles n'avaient rien remarqué du froid qui régnait maintenant entre Brandon et elle.

La voiture fit son entrée sur le parking de la station balnéaire. Hurlant leur joie d'être arrivées, les filles détachèrent leurs ceintures de sécurité et se précipitèrent dehors. Il faisait un temps magnifique. Jill fut saisie par l'air vivifiant de la mer en ouvrant la porte. Comme cela faisait du bien ! Comme elle avait envie de mettre tous ses soucis de côté pour profiter de cette belle journée !

— Qu'est-ce qu'il y a, maman ? demanda Zoé. Tu as l'air fâchée.

La question de sa fille fit sursauter Jill. Comme quoi Brandon avait raison. Les enfants les avaient mis sous surveillance. Leur moindre réaction était analysée. Et, de toute évidence, elle n'avait pas réussi à masquer l'angoisse qui était remontée à la surface depuis sa discussion avec Brandon.

— Ce n'est rien, ma chérie, répondit-elle en s'efforçant de sourire. C'est juste le trajet en voiture, j'ai un peu mal au cœur.

— Je préfère ça ! s'exclama Zoé. Car je veux que tout le monde passe une bonne journée.

— Ne t'en fais pas, ma chérie, on va bien s'amuser. Allez, viens, aide-moi à décharger le coffre.

Zoé prit juste son petit sac à dos puis courut rejoindre ses amies qui gambadaient déjà sur la plage. Emue, Jill regarda sa fille, pour qui tout n'était que bonheur. Elle faisait de la vie une fête permanente. Comme elle lui enviait cette faculté de profiter de tous les instants ! Evidemment,

elle-même n'était plus une enfant et cette innocence, cette naïveté, était perdue à jamais. Mais
Jill se dit qu'elle ferait tout pour la retrouver. Au
moins durant cette belle journée à la plage. Elle
inspira profondément.

— Ça va ? demanda Brandon.

— Oui, oui, ne vous en faites pas… et je suis
désolée, je suis vraiment une imbécile.

— Pardon ?

— J'ai été idiote de vous dire ce que je pensais
de vous et de votre restaurant devant les filles.
Ce n'était vraiment pas le moment.

— Dois-je comprendre que vous pensez à moi ?
répliqua Brandon en lui faisant un clin d'œil.

— Oui, enfin, vous voyez ce que je veux dire.
A vous en tant que concurrent pas en tant…
qu'homme, répondit-elle en rougissant.

— J'en suis un pourtant, chère madame
Lindstrom. Et je dois vous avouer que je suis
rudement content d'avoir fait votre connaissance. On se chamaille un peu, c'est vrai, mais
cela donne du piment à notre rencontre, vous ne
trouvez pas ?

— Je suis bien obligée de reconnaître, monsieur
Clark, que certains des moments que je passe
avec vous ne sont pas désagréables.

Après avoir dit cela, Jill fut incapable de détacher ses yeux de ceux de Brandon. Il la regardait avec une telle intensité ! Elle sentit la chair de poule l'envahir. Son corps était parcouru de frissons de désir. Imperceptiblement, ils se rapprochèrent l'un de l'autre, sans plus échanger le moindre mot.

— Papa ! Tu viens ?

Brandon sursauta, et Jill fit en pas en arrière en portant la main à son cœur, qui battait à toute allure. Que se serait-il passé si Kristy n'était pas venue chercher son père ? Elle n'osait même pas y penser. Entraînée par sa fille, Brandon s'éloigna, non sans se retourner sans cesse vers Jill. A voir son visage, il était manifestement aussi bouleversé qu'elle d'avoir été à deux doigts d'un baiser torride.

— Vous êtes sûr que vous me pardonnez pour tout à l'heure ? Dans la voiture ? cria-t-elle.

— Tellement sûr que je vous propose que l'on se tutoie quand les filles en auront assez de jouer avec moi.

Une heure plus tard, après avoir fait successivement le cheval, le grand méchant loup, le gentil grand frère et autres personnages qui peuplent l'imaginaire des enfants, Brandon aida Jill et Sarah — une des filles qui préférait rester avec les grands pendant que les autres édifiaient des châteaux de sable — à étendre deux grandes couvertures.

C'était bientôt l'heure du pique-nique, un moment qui donnerait enfin à Brandon l'occasion de s'asseoir à côté de Jill sans que cela ne se remarque trop. En attendant, il ne cessait de la regarder, fasciné par sa beauté et par la grâce du moindre de ses mouvements.

Il était également impressionné par la gentillesse avec laquelle elle parlait à Sarah, une petite fille qui semblait manquer de confiance en elle et que Jill s'efforçait constamment de rassurer. Brandon était conforté dans son idée que, sous son masque de femme d'affaires, Jill était une personne douce et attentionnée.

Il mourait d'envie de se jeter sur elle, et de l'enlacer aussi fort qu'il le pouvait. Ou de soulever délicatement ses beaux cheveux pour lui murmurer à l'oreille à quel point il la désirait.

— Voilà, c'est prêt ! s'exclama la jeune femme. Sarah, ma chérie, tu veux bien aller prévenir les autres que c'est l'heure du déjeuner ?

— Tout de suite, madame Lindstrom, répondit

Sarah avec un grand sourire, ravie de se voir confier une mission.

Imitant Jill, Brandon s'accroupit, ouvrit une glacière et commença à en sortir les sandwichs pour les enfants.

— Je vois que tu as pris Sarah sous ton aile. C'est très généreux de ta part, lui dit-il, sans oser poser les yeux sur elle tant il était troublé.

— Elle est nouvelle dans la troupe. Elle ne connaît pas encore bien les autres enfants. C'est pour cela que je m'occupe plus particulièrement d'elle. Mais je suis sûr qu'après cette journée elle sera parfaitement intégrée au reste du groupe. Pour ne rien te cacher, Sarah me fait un peu penser à moi enfant. J'étais aussi timide qu'elle. Je me souviens d'une cheftaine qui était toujours très gentille avec moi. J'imagine que je suis en train de reproduire le même schéma avec Sarah.

— Timide, toi ? Je t'imaginais plutôt meneuse de bande !

Sans rien dire, Jill continua à étaler les ingrédients du déjeuner sur la couverture. Après un long silence, elle reprit la parole :

— Il n'a pas toujours été facile d'être la fille de mon père, dit-elle avec une voix étranglée par l'émotion. Son activité était… comment dire…

l'objet de nombreuses moqueries. Alors je me faisais aussi petite que possible quand j'étais enfant. Je ne parlais pas pour ne pas attirer l'attention.

— Je vois, commenta Brandon sobrement. Les autres enfants n'ont pas dû être tendres avec toi.

— Non, ils me ridiculisaient sans arrêt, en disant que je deviendrais aussi folle que mon père.

Brandon se sentit désarmé par cette confidence. Il avait envie de protéger Jill comme si elle était encore cette petite fille fragile qui n'osait pas s'exprimer. Mais son élan fut interrompu par l'arrivée des enfants, affamés et hilares.

Jill se leva d'un bond et débarbouilla une par une les membres de la troupe, couvertes de sable et de sel. Après cette toilette de chat collective, tous les enfants se jetèrent sur la couverture et entamèrent goulûment leur déjeuner.

Au moment où Brandon alla s'asseoir à côté de Jill, il jeta un coup d'œil à Kristy qui, évidemment, suivait le moindre de ses mouvements. Il lui fit les gros yeux, mais sa fille semblait n'en avoir cure. Au contraire, il la vit donner un coup de coude à Zoé, qui à son tour le regarda avec un air surexcité. Dès qu'il fut installé à côté de Jill, les deux amies furent saisies d'un fou rire inextinguible. Incorrigibles. Elles étaient incorrigibles.

— Ça recommence, commenta Jill.

— Il n'y a rien à faire, soupira Brandon en déballant à son tour son déjeuner. J'espère que cela ne te dérange pas ?

— Pas du tout. J'applique ton précepte, je fais comme si de rien n'était.

— C'est la meilleure solution. Il n'y a plus qu'à espérer qu'elles se décourageront… un jour.

— Tu es optimiste, répondit Jill en souriant.

— En tout cas, je suis ravi de voir que tu arrives enfin à prendre les choses avec humour.

— C'est au prix d'un violent effort sur moi-même. Et je peux t'assurer que cela n'a pas été facile.

— Sans revenir à notre… discussion de la voiture, je remarque effectivement que ton état d'esprit a radicalement changé. Il y a une heure, tu paraissais sombre et angoissée. Maintenant tu sembles parfaitement sereine. Qu'est-ce qui s'est passé ?

— Tu veux vraiment le savoir ? demanda Jill.

— Bien sûr, dit Brandon en ouvrant un paquet de chips.

— C'est Zoé. Quand je suis sortie de la voiture, avec le moral au plus bas, elle m'a demandé si j'allais bien.

— Continue, l'encouragea Brandon.

— J'ai tout à coup compris que je n'avais pas le droit de lui gâcher le plaisir de cette journée à cause d'un… malheureux concours de circonstances.

— Je présume que cela se réfère à moi ?

— Oui. Je sais que ce n'est pas agréable à entendre, mais c'est la vérité.

— Ecoute, Jill, je n'ai rien à te reprocher car tu as été claire dès le début. Tu n'as cessé de dire que cela te mettait mal à l'aise de passer du temps avec moi, tu m'as expliqué pourquoi et je comprends tout à fait ton point de vue. Tu as d'autant plus de mérite de faire bonne figure.

Brandon n'osa pas ajouter qu'il était ravi de vivre cette journée à ses côtés.

— Je dois avouer que, malgré un certain Brandon Clark, je m'amuse comme une folle, répliqua Jill, avec un petit sourire moqueur.

— Ah bon, c'est vrai ? Je ne sais pas comment tu fais ! Parce que, pour moi, c'est horrible !

Non seulement je suis obligé de cavaler avec des petites filles, mais en plus on me reproche d'être là. Vivement qu'on en termine !

Brandon prenait un malin plaisir à taquiner Jill.

— Tu as raison, il faudrait être fou pour profiter d'une journée de congé à la plage, avec les enfants et le soleil en prime !

Brandon prit un air faussement sérieux et s'approcha de Jill.

— Tu crois que je suis fou ?

— Je ne sais pas, mais un homme qui accepte de passer douze heures en compagnie de petites filles hurlantes et pleines de chocolat doit sûrement avoir un petit grain de folie.

Ils éclatèrent tous les deux de rire, jouissant de cet instant fugace de complicité. Que Jill était belle ! Brandon se dit que cela faisait très longtemps qu'il ne s'était pas senti aussi bien en compagnie d'une femme.

Mais il ne parvenait pas à s'abandonner complètement, soucieux de ne pas se sentir trop proche d'elle. Il avait beau passer un moment magique, il n'était pas encore prêt à mettre son cœur à nu.

5.

Une fois le déjeuner terminé, tout le monde aida à ranger. Après le pique-nique, il était prévu d'aller à une petite crique située à une dizaine de kilomètres de la plage de sable.

Quelques instants plus tard, la petite troupe avait repris la route. Brandon était de nouveau derrière le volant. Jill ne put s'empêcher de lui jeter de temps à autre un regard plein d'admiration et de désir. Son visage avait pris des couleurs, ce qui lui donnait un air encore plus resplendissant que d'ordinaire. Il se dégageait de lui à la fois une force tranquille et une sérénité à toute épreuve.

Jill éprouvait un tel plaisir à être à côté de lui qu'elle en avait mal à l'estomac. Il ne fallait pourtant pas qu'elle succombe à la tentation. Elle devait combattre de toutes ses forces son envie de se lover dans ses bras.

Se forçant à regarder droit devant elle, elle se demanda ce qui faisait de Brandon un être si particulier, si irrésistiblement charmant. Elle avait beau s'être tenue à l'écart de toute relation depuis quelques années, elle n'en avait pas moins eu plusieurs propositions. De la part d'hommes qui s'étaient tous montrés, à leur façon, séduisants. A vrai dire, elle n'avait rien eu à leur reprocher. Il s'était simplement agi d'un manque d'intérêt de sa part.

Avec Brandon, elle savait au fond d'elle-même qu'il y avait quelque chose de spécial qui l'attirait en lui. Outre sa beauté plastique, cela tenait à sa gentillesse intrinsèque et à l'amour total qu'il portait à sa fille. A son humour aussi. Jill avait toujours eu un faible pour les hommes qui la faisaient rire. Comme Doug, au début.

Le souvenir de son ex-mari agit comme un signal d'alarme. Jill ne voulait plus avoir affaire avec la gent masculine. Brandon ne pouvait pas faire exception à la règle !

Elle fut interrompue dans ses pensées par l'arrêt de la voiture. Ils étaient arrivés. Dans quelques heures, cette journée serait enfin finie. Une phrase qu'elle ne cessait de se répéter pour se donner du courage. Ensuite, ils repartiraient chacun de leur côté et n'auraient plus à se revoir. Ils mettraient fin aux agissements de Zoé et de Kristy. Il était hors de question d'être une nouvelle fois des marionnettes entre leurs mains !

Rassérénée, Jill sortit de la voiture, demanda aux filles de former une file indienne puis les guida vers la crique. Il fallait descendre un étroit escalier de bois, une perspective qui aviva l'excitation des enfants, ravis de vivre une telle aventure.

Une fois arrivée en bas, la troupe se sépara spontanément en deux groupes, un qui suivit Leslie et l'autre qui partit avec Brandon. Jill resta un peu en retrait, profitant des rayons du soleil qui caressaient son visage avec une douceur apaisante. Elle prit également plaisir à observer les filles qui couraient dans tous les sens et sautaient à cloche-pied entre les mares qui s'étaient formées entre les rochers.

— Maman ! cria Zoé, la tirant de sa rêverie. Viens voir les étoiles de mer !

Prenant garde à ne pas glisser, Jill rejoignit la petite bande composée de sa fille, de Kristy, de Sarah et… de Brandon, tous accroupis au-dessus d'une toute petite étendue d'eau qui grouillait de vie aquatique.

— C'est génial, non ? s'exclama Sarah. Mes préférées, ce sont les orange.

Jill se pencha pour voir les étoiles de mer de plus près.

— Et celle-là, elle n'est pas belle celle-là ?

— Je dirais même qu'elle est magnifique, intervint Brandon en la regardant droit dans les yeux.

Jill le fixa à son tour, bouche bée. Complètement décontenancée, elle se redressa, ne sachant plus que dire, ni que penser. Il n'y avait pas de doute possible. Brandon lui avait lancé un compliment ! Elle avait bien entendu ! Il avait dit le mot « magnifique » en la regardant intensément. Il était fou de faire ça devant Zoé et Kristy, qui devaient jubiler de voir que leur plan commençait à prendre forme. Mais, en même temps, c'était un sentiment délicieux de savoir qu'elle plaisait à un homme comme Brandon.

— Je… je vais me promener un peu, bredouilla-t-elle.

— Nous, on va chercher d'autres bêtes, pas vrai, les filles ?

— Ouiiiii ! répondirent-elles en chœur.

D'un seul bras, Brandon fit monter Sarah sur ses épaules. Zoé et Kristy s'agrippèrent à ses mains. Avant de s'éloigner avec son fan-club, Brandon se retourna vers Jill avec un grand sourire complice. Son trouble redoubla. Quel homme irrésistible ! Et comme il était touchant de voir à quel point les filles l'adoraient !

Elle sentit son estomac se nouer une nouvelle fois. Elle avait du mal à respirer tant son désir était fort. Son corps lui criait d'abattre les murs qu'elle avait érigés autour de son cœur et de se jeter dans les bras de Brandon.

Sa volonté de ne pas succomber prit toutefois le dessus. De façon presque mécanique, elle recula, comme pour mettre une distance de sécurité entre elle et lui. Elle fut pourtant incapable de détacher son regard de Brandon, qui, entraîné par les enfants, s'était éloigné. A voir les grands gestes qu'il faisait, il était sûrement occupé à leur raconter une histoire de fantastiques créatures marines. Les filles semblaient boire ses paroles.

A force de dévorer Brandon des yeux, Jill n'avait pas regardé où elle marchait et avait enfoncé ses deux pieds dans une mare glacée. Elle ne put réprimer un cri.

— Jill ! Qu'est-ce qui passe ? demanda Brandon, qui avait aussitôt couru vers elle.

— Je… j'étais distraite et j'ai marché dans l'eau, répondit-elle en s'extirpant de la mare, les joues rougies par l'embarras.

Il posa les mains sur ses épaules et la regarda droit dans les yeux avec un air grave.

— Tu ne t'es pas blessée ? Tu n'as mal nulle part ?

Jill secoua la tête, le corps envahi par une délicieuse chaleur au contact de ses grandes mains sur sa peau.

— Non, non. C'est juste mon amour-propre qui a été touché. Quelle idiote je suis. Je dois être ridicule, non ?

— Le ridicule ne tue pas. Et puis, cela arrive à tout le monde de faire un faux pas. En attendant, tu as les pieds et les vêtements trempés. Est-ce que tu en as pris de rechange ?

— Non. Je n'avais pas prévu de tomber dans l'eau.

— Bon. Il y a un pantalon et des chaussettes propres dans ma voiture. Je vais t'accompagner et tu vas te changer.

— Ce n'est pas la peine, il y a un peu de vent, mes vêtements vont sécher rapidement, répondit-elle, effrayée à l'idée de devoir rester seule avec lui.

102

— Tu vas prendre froid si tu n'enlèves pas tes vêtements mouillés.

— Mais non, ça va aller, je t'assure.

— Jill, en tant que chef de troupe, je t'ordonne d'aller te changer. Sinon je me sentirai responsable de la grippe qui ne manquera pas de te saisir si tu ne suis pas mes conseils.

— Tu es toujours aussi autoritaire ? demanda-t-elle avec un air amusé.

— Toujours. Et encore, là, je suis gentil. Gare à toi si je me fâche, répondit-il en souriant. Allez, suis-moi.

Touchée par sa sollicitude et, une fois de plus, émoustillée par son humour, Jill se sentit tout à coup d'humeur taquine.

— A condition que ce soit toi qui détaches mes lacets.

C'était sorti tout seul ! D'une voix suave, elle l'avait invité à l'aider à se déshabiller ! Elle rougit comme une pivoine. Elle flirtait avec Brandon !

— Comme tu veux… à tes ordres, répondit-il, mi-charmé, mi-étonné.

— Je veux dire que… il se pourrait que l'eau froide ait gelé les lacets… enfin j'aurai peut-être besoin de ton aide.

Une heure plus tard, Brandon s'assit à côté de Jill, qui avait finalement accepté de se changer. En silence, ils contemplaient les filles qui jouaient à cache-cache sous la supervision de Leslie.

Brandon n'osait pas tourner la tête vers Jill. Il ne savait plus sur quel pied danser. D'un côté elle lui disait qu'il lui était pénible de passer du temps avec lui, et de l'autre elle entrait dans un jeu de séduction. Il avait bien vu qu'elle plaisantait lorsqu'elle lui avait demandé de l'aider à se déshabiller. Mais il s'était malgré tout passé quelque chose entre eux à ce moment-là. Une poussée de désir les avait traversés l'un et l'autre.

Il fallait impérativement faire marche arrière, songea-t-il. Il ne pouvait se permettre de tomber amoureux. C'était trop dangereux !

— Merci encore pour le pantalon, dit soudain Jill. Il est un peu trop grand, mais il a l'immense avantage d'être sec.

— Je t'en prie. Je regrette de ne pas avoir apporté de chaussures de rechange. Je suis désolé.

— Tu es fou ? Tu n'as pas à t'excuser. Et puis il fait suffisamment chaud pour être pieds nus.

Brandon examina machinalement les orteils

de Jill, dont les ongles étaient couverts de taches rose et bleu.

— Très original, ton vernis.

— C'est Zoé, répondit Jill en souriant. C'est censé être des fleurs.

— Je ne comprends pas cette fascination des petites filles pour le vernis à ongles, dit Brandon en soupirant. Chaque fois qu'on va au supermarché, Kristy me fait acheter au moins trois flacons différents.

— La semaine dernière, je me suis amusée à compter. Zoé a au moins quinze couleurs différentes. Et je ne parle même pas des paillettes.

— Les paillettes ! J'avais oublié. Mais, plus que les vernis, ce sont les cheveux qui me dépassent complètement. J'ai beau essayer trois fois par jour, je n'arrive pas à faire de nattes.

— Ne t'en fais pas, dit Jill en éclatant de rire. Je suis moi-même une piètre coiffeuse.

— Ah bon ? C'est justement à cause des nattes de Zoé que Kristy insiste pour en avoir. Tu es trop modeste.

— C'est mon père qui coiffe Zoé.

— C'est vrai ?

— Vrai de vrai. Comme Zoé et Kristy, je voulais également des nattes quand j'étais petite fille. A la fin, je lui ai tellement cassé les oreilles qu'il a déniché un manuel de coiffure et s'est entraîné tous les jours jusqu'à ce qu'il y arrive. Depuis, c'est un expert ès nattes.

— Je suis très impressionné. Moi, quand je m'y mets, le résultat est toujours désastreux.

— La persévérance, le travail, c'est la seule solution. Mais, maintenant que j'y pense, je crois que mon père a un jour eu l'idée d'inventer un système permettant de tenir les cheveux pendant qu'on les coiffe.

— Et alors ?

— Et alors rien. C'est toujours la même chose avec ses inventions. Elles n'aboutissent jamais.

Tout le corps de Jill s'était raidi lorsqu'elle avait prononcé ces paroles. Sur son visage, il y avait une expression de dégoût. Elle lui avait déjà dit qu'elle avait souffert de la réputation de son père quand elle était enfant. De toute évidence, elle entretenait toujours un rapport problématique avec le métier de celui-ci.

— Il a toujours été inventeur ?

— Pour autant que je sache, oui, répondit-elle d'une voix sèche en faisant couler du sable entre ses doigts. Il est incapable de faire autre chose.

Brandon se demanda s'il fallait poursuivre la

conversation. Après tout, il ne connaissait Jill que depuis quelques jours et il ne voulait pas la mettre mal à l'aise avec des questions trop personnelles. En même temps, il avait eu l'occasion de rencontrer son père et il ne comprenait pas comment on pouvait en avoir une opinion aussi négative.

— Tu veux en parler ?

— De quoi ? demanda-t-elle d'un ton irrité.

— Du fait que tu ne supportes pas qu'il soit inventeur.

— Qu'est-ce qui te fait dire ça ?

— Il suffit de te regarder. Tu es toute tendue depuis quelques minutes. Enfin, je ne veux pas me mêler de ce qui ne me regarde pas.

Pendant un long moment, elle ne dit rien, fixant obstinément le sol. C'était comme si elle était redevenue une petite fille qui avait décidé de bouder.

— Pourquoi n'est-il pas comptable ? demanda-t-elle soudain. Ou banquier ? Ou commerçant ? Enfin un métier normal, quoi.

— Tu m'as déjà dit qu'on s'était moqué de toi à cause de ton père quand tu étais petite fille, commenta Brandon d'une voix douce, touché que Jill ait accepté de se confier. Mais bon, d'une façon ou d'une autre, tous les enfants subissent des moqueries. Pourquoi est-ce que tu en as tant souffert ?

— Parce que les moqueries ne s'arrêtaient jamais.

— Comment cela ?

— Toute la ville connaît mon père. L'inventeur fou. Il fait partie du folklore. C'est celui qui fait tout exploser, qui rate tout, qui n'arrivera jamais à rien.

— Moi, j'aurais adoré avoir un père inventeur.

— Moi, j'en avais honte. Il n'était jamais comme les pères des autres enfants. Il n'avait pas de costume, pas de cravate. Toujours son éternelle blouse blanche, qui portait la trace de la dernière explosion. Cela amuse les gens d'avoir un personnage comme mon père dans la ville. Mais ils n'ont aucun respect pour lui. Alors sa fille, tu penses…

Jill s'était arrêtée net. De peur de fondre en larmes sans doute. Car son corps avait commencé à trembler. Brandon avait envie de la serrer contre lui, de la rassurer, de lui expliquer qu'elle exagérait. Il garda le silence pendant un petit moment, soucieux de trouver les mots justes.

— Je suis triste de savoir que tu as souffert comme cela. Et que tu souffres encore. Mais, comme tu le sais déjà, j'avais rencontré ton père avant de te connaître. Et je t'assure que j'ai instinctivement ressenti un élan de sympathie envers lui. En dépit, ou peut-être à cause, de son accoutrement. Mais je n'ai pas eu le moindre sentiment de mépris à son égard. Au contraire, il dégage une sorte de sérénité que j'envie. Je crois que tu te fais des idées sur ce que les gens pensent de lui. Je suis même sûr qu'il y en a beaucoup qui l'estiment pour ce qu'il est.

— Tu es gentil de dire ça.

— Ce n'est pas une question de gentillesse. C'est la vérité, c'est tout.

— Je ne sais pas. Mais, peu importe, je te remercie de ton écoute, dit-elle en le regardant avec un air soudainement très déterminé. Et puis, de toute façon, maintenant que j'ai réussi, les gens ne m'associeront plus à « l'Inventeur fou » comme ils l'appellent.

— A cause du restaurant ?

— Oui. Le *Wildflower*. Ma fierté, ma chance d'être enfin quelqu'un.

Ce fut comme un coup de massue sur la tête de Brandon. Il venait enfin de comprendre pourquoi

Jill était tellement angoissée à l'idée d'avoir un concurrent. Il y avait, bien sûr, la peur de perdre des clients, voire de faire faillite. Mais, si cela arrivait, ce ne serait pas l'argent perdu qui serait le plus grave pour elle, mais le fait qu'elle ait échoué à gagner l'admiration des habitants d'Elm Corner. Ce respect des autres dont elle se sentait privée depuis sa plus tendre enfance et qu'elle commençait enfin à gagner.

Brandon se passa une main sur le visage en soupirant. Jusqu'ici, il avait mis un point d'honneur à s'inscrire en faux contre le portrait peu flatteur que Jill faisait de lui. Voleur, ennemi, escroc : tout y était passé. Mais, en cet instant précis, il se sentait odieux. Car, si son restaurant trouvait son public, il ôterait à Jill un bien précieux, qu'aucune calculette au monde n'était capable de quantifier : l'estime de soi.

Jill se demanda pourquoi Brandon restait soudainement silencieux. Lui qui venait de s'enflammer pour défendre la réputation de son père, voilà qu'il avait le visage renfrogné. Elle remarqua surtout qu'il évitait soigneusement de croiser son regard.

En attendant qu'il s'explique sur son changement

110

d'attitude, elle tourna la tête vers les enfants qui, infatigables, couraient toujours dans tous les sens. Les filles avaient manifestement changé de jeu, mais, à cette distance, il lui était impossible d'en comprendre les tenants et les aboutissants.

Pourquoi s'était-elle épanchée comme cela ? N'était-il pas contraire à tous les manuels de stratégie que d'exposer ses faiblesses à celui qui est censé être l'ennemi ? Mais que faire d'autre avec un interlocuteur aussi attentionné, aussi délicat… et aussi beau.

Au fond, Jill ne regrettait pas de s'être confiée à Brandon. Au contraire, cela lui avait fait du bien de parler. Elle n'en avait que trop rarement l'occasion. La qualité d'écoute de Brandon, sa sollicitude l'avaient mise en confiance. Trop en confiance. Evidemment. Mais avec Brandon, rien n'était comme d'habitude. Comment expliquer l'effet qu'il lui faisait ? Voilà un autre sujet dont elle aimerait bien parler. Il serait cocasse de l'aborder avec lui. Mais aussi dangereux. Il aurait ainsi la preuve — s'il ne l'avait pas déjà — qu'il ne la laissait pas indifférente. Elle ne put toutefois s'empêcher de sourire à l'idée de discuter de Brandon avec Brandon et, en observant une nouvelle fois l'expression de tristesse gênée de son irrésistible concurrent, elle eut une soudaine illumination.

— Brandon ! Je ne comprends pas pourquoi tu ne dis plus rien depuis quelques minutes — on dirait moi dans la voiture tout à l'heure —, mais je tiens à corriger un éventuel malentendu. Je ne t'ai pas expliqué mes… angoisses personnelles pour te forcer à avoir pitié de moi. La manipulation n'est pas mon genre.

— Comment as-tu deviné à quoi je pensais ? demanda-t-il avec un air ébahi.

— Mettons cela sur le compte de l'intuition féminine.

— Eh bien, elle a touché dans le mille. J'étais effectivement en train de me dire que j'étais un monstre d'essayer de te voler ta clientèle. Maintenant que je connais tes motivations profondes.

— Je t'arrête tout de suite, Brandon. Je ne veux pas que des considérations extraprofessionnelles viennent fausser notre guerre commerciale à venir. Mais tes scrupules t'honorent. Tu es humain, malgré tout.

— Tu en doutais ?

— Je ne sais pas. Je t'ai tellement de fois imaginé comme une machine programmée pour

112

m'acculer à la faillite que je ne me suis jamais demandé si tu avais une éthique.

— Quelle imagination ! commenta Brandon en s'allongeant sur le sable. J'espère que tu as enfin une autre vision de moi. Je ne suis qu'un homme comme les autres, Jill, qui veut juste gagner sa vie.

— Je le sais maintenant, répondit-elle en s'allongeant à son tour. Et je sais aussi qu'un homme qui est tellement préoccupé par le bonheur de sa fille ne peut pas être fondamentalement mauvais.

— Et puis, comme toi, j'ai de bonnes raisons de vouloir la réussite de mon restaurant. Des raisons qui n'ont rien à voir avec toi.

— Je m'en doute.

Jill n'était pas sûre de vouloir aller plus loin. Il fallait que les confidences s'arrêtent là sinon ils n'allaient plus pouvoir se quitter ! Brandon regarda au loin, hésitant apparemment à ouvrir son cœur.

— Je… je… cela te paraîtra peut-être idiot, finit-il par dire, mais ton opinion m'importe. Il est important pour moi que tu comprennes bien pourquoi je tiens tant à ouvrir le *Steak Palace*.

— Je t'écoute.

Brandon se releva, épousseta le sable de ses

bras musclés et posa ses yeux sur elle. Jill sentit monter en elle une nouvelle poussée de désir.

— Bon, il faut d'abord que tu saches que j'ai grandi dans un restaurant à Los Angeles et que j'ai toujours rêvé d'avoir mon propre établissement.

— Alors pourquoi es-tu devenu avocat ?

— A cause de mon père. Il ne voulait pas que son fils suive sa voie, estimant que ce n'était pas un métier assez noble. Il m'a poussé à faire des études. Et je ne le regrette pas car j'adorais mon métier d'avocat. C'est juste que… quand Sandy a disparu, travailler quinze heures par jour était devenu invivable. Je ne voyais plus jamais Kristy qui, inévitablement, préférait être avec sa nounou plutôt qu'avec moi.

— Je comprends, commenta Jill, très émue par le récit de Brandon.

— A un moment donné, j'en ai eu assez. Et, après mûre réflexion, j'ai sorti tout mon argent de la banque pour investir dans le *Steak Palace*. Je revenais ainsi à mes premières amours et je me lançais dans une activité plus compatible avec le fait d'avoir des enfants.

— Et pourquoi Elm Corner ?

— Là encore, c'est à cause de Kristy. J'aurais

effectivement pu ouvrir un restaurant à Los Angeles, mais je ne voulais pas courir le risque de me retrouver à travailler autant d'heures que quand j'étais avocat. Ici, Kristy peut venir faire ses devoirs au restaurant. Et puis, j'avoue que j'avais envie d'un environnement plus calme pour ma fille.

Brandon avait donc placé toutes ses économies dans le *Steak Palace*. Il avait pris un risque énorme. Jill lui tira intérieurement son chapeau et se dit tout à coup que cela ne lui ferait peut-être pas si plaisir que cela de voir Brandon échouer dans son entreprise.

— Des petites villes calmes comme Elm Corner, il y en a des milliers dans le pays. Tu as quand même dû faire une étude de marché, non ?

— Bien sûr, le fait qu'il n'y avait… qu'un seul restaurant a joué dans mon choix. Mais je t'assure que le bien-être de Kristy a été le critère principal. Et je suis tellement content qu'elle soit enfin heureuse, qu'elle s'amuse à l'école, qu'elle ait des amis !

Ces explications achevèrent d'effacer les dernières pensées noires que Jill pouvait encore nourrir à l'égard de Brandon. Cet homme était bon. Beau et bon.

— Tu n'aurais pas dû me dire tout cela, Brandon, dit-elle en se mordillant nerveusement les lèvres.

— Pourquoi ?

— C'est comme toi tout à l'heure. Maintenant que je sais pourquoi il faut absolument que tu réussisses, je vais me sentir coupable.

— Coupable de quoi ?

— De ton échec. C'est vrai que je redoute l'ouverture du *Steak Palace*, mais je ne m'avoue pas vaincue pour autant. Il se pourrait très bien que les habitants de la ville restent fidèles au *Wildflower*. Il y a quelques jours, cette idée m'aurait fait jubiler, maintenant elle me ferait presque de la peine.

Il approcha sa tête de la sienne, un grand sourire moqueur aux lèvres. Il souleva délicatement les cheveux qui recouvraient son oreille, un geste qui envoya mille frissons de plaisir dans tout le corps de Jill.

— Te voilà bien sûre de toi, tout à coup, chuchota-t-il. Je ne voudrais pas te ramener à la dure réalité, mais il se pourrait qu'Elm Corner plébiscite le *Steak Palace* au détriment du *Wildflower*.

— Je n'oublie pas cette éventualité et elle me

plaît encore moins que la première, répondit-elle tout en appréciant le souffle de sa voix sur son visage. Nous voilà dans de beaux draps !

— C'est le moins que l'on puisse dire, renchérit-il en se relevant d'un bond. Je vais aller voir ce que font les filles, d'accord ?

Jill hocha la tête en silence, heureuse d'avoir un peu de temps pour elle pour faire le point sur la situation. La bonne nouvelle de la journée était que Brandon et elle avaient fait la paix sur le plan professionnel. Après tout ce qu'ils s'étaient dit sur leurs restaurants, elle pouvait raisonnablement espérer que la compétition entre eux allait être loyale.

La mauvaise nouvelle était que son attirance pour lui était plus forte que jamais.

plusieurs fois, que Jarrett la tenait...—ou
la case appuyée et je sentis de la voix sur son
visage...... tout le monde a à cela une...

— C'est le meilleur..... le plus bel... chose
Jarrett, s'adressant à un band.......... ....
lorsque Bill......... l'herbe......

Le début du... en Bleu. Jarrett.......
un pas... une place.... le point fort. Je sourir...
... tout... Les bonnes nouvelles de la confiance ont
que maintenant elle avait... Un la vit... sur le plan
pour autant... Après tout, ce qu'il y avait de plus
fous rêvaient...... elle y avait... Tant plus leur
cœur... que la vient, si ton once eût alors été
fraîs.

— La mauvaise nouvelle, c'est sûr, Dez répondit.
à part lui, c'est plus forte que jamais.

6

Deux jours après l'excursion à la plage, Brandon rentrait chez lui en voiture après une journée de travail plutôt productive. Il était à peu près sûr d'avoir trouvé le chef de salle idéal et il avait réussi à ramener à trois le nombre de candidats potentiels pour la fonction vitale de cuisinier.

Tout marchait donc comme sur des roulettes. Les choses se mettaient en place et, dans moins d'un mois, il pourrait ouvrir le *Steak Palace*. L'inauguration allait être une belle fête !

En revanche, lui-même était complètement perdu. Il n'avait cessé de penser à Jill. A tel point que c'était devenu une obsession. Pendant deux nuits de suite il n'avait que très peu dormi, se repassant sans cesse les paroles de la jeune femme sur son enfance, son père, son restaurant. Il était comme hypnotisé par cette musique qui le mettait en transe.

Et les rares fois où il avait réussi à trouver le sommeil, généralement juste avant l'aube, il avait rêvé d'elle, de son corps, de ses jambes enlacées autour des siennes.

Le matin, il se réveillait ivre de bonheur parce qu'il était convaincu qu'elle était là, à côté de lui, dans son lit. La déception de voir qu'il n'y avait personne était alors tellement forte qu'il en avait mal au ventre.

Il tapa de toutes ses forces sur le volant, comme pour tenter d'extirper le spectre de Jill de son esprit. Il ne fallait plus qu'il songe à elle, encore moins qu'il se délecte de fantasmes construits autour d'elle. Elle avait été très claire : elle n'avait aucune envie de s'engager dans une nouvelle relation. Ils étaient donc sur la même longueur d'ondes. D'autant que, malgré son désir pressant de serrer Jill dans ses bras, Brandon se sentait encore vulnérable. La bonne entente qui commençait à s'établir entre elle et lui avait ravivé le souvenir de Sandy. Les deux femmes étaient assez différentes, mais leur présence avait sur lui un effet identique.

Il s'engagea dans la voie de garage menant à sa maison, devant laquelle il aperçut Kristy avec

Shelby, la jeune fille qui la gardait après l'école quand il avait des rendez-vous.

La vue de sa fille lui rappela qu'il devait avoir avec elle une conversation sérieuse au sujet du plan matrimonial qu'elle avait échafaudé avec Zoé. Il avait promis à Jill qu'il le ferait. Cela dit, Zoé et Kristy avaient peut-être jeté l'éponge d'elles-mêmes car, à sa grande surprise, cela faisait plus de quarante-huit heures qu'il n'avait pas été « forcé » à rencontrer Jill. Connaissant la détermination des deux copines, il restait cependant persuadé que le répit ne serait que de courte durée. Si la prochaine étape du plan était longue à venir, c'est qu'elles s'apprêtaient à frapper un grand coup.

Kristy courut vers lui lorsqu'il sortit de la voiture, et se jeta dans ses bras. Brandon souleva sa fille dans les airs, toujours émerveillé par ses marques d'affection si spontanées, si désintéressées. Il la reposa, paya Shelby puis dit à Kristy de rentrer à la maison en lui promettant de lui préparer des pâtes à la bolognaise — un de ses repas favoris. Pendant qu'il sortait les ingrédients nécessaires, il lui demanda de s'asseoir à la table de la cuisine.

— Alors, ma chérie ? Comment s'est passée ta journée ?

— Bien, bien. Jimmy Pruitt est tombé par terre pendant la récréation. On a dû lui mettre deux points de suture.

— C'est vrai ? Le pauvre, dit-il en sortant une poêle du placard. Tu as fini le livre que tu m'avais demandé d'acheter ? Celui sur les sorciers ?

— Oui, avec Shelby.

— C'est très bien, ma chérie. Je suis très content que tu lises.

Cela ne faisait que quelques mois que Kristy ouvrait volontiers un livre. Depuis leur installation à Elm Corner. Ce déménagement avait vraiment été un bon choix.

— Kristy, écoute-moi. Il faut que je te parle de ce que toi et Zoé avez… fait.

— Que… qu'est-ce que tu veux dire ? demanda Kristy, soudain livide.

Brandon ne dit rien pendant un moment, profitant du fait qu'il était occupé à ouvrir une barquette de viande hachée pour trouver ses mots.

— Ne t'inquiète pas, ma chérie, je ne vais pas te gronder. C'est un sujet dont on a déjà parlé. Je sais que Zoé et toi aimeriez que Mme Lindstrom et moi tombions amoureux. Tu te souviens de ce que je t'ai dit il y a quelques jours ?

Kristy ne dit rien, se contentant de le fixer avec des yeux tristes. Il ne voulait pas lui faire de peine, mais il fallait que les choses soient dites une bonne fois pour toutes.

— Je répète ce que j'ai dit l'autre fois, poursuivit Brandon. Mme Lindstrom et moi, nous ne voulons pas… être ensemble.

— Pourquoi pas ? s'exclama la petite fille avec une mine boudeuse. Tu ne la trouves pas bien ?

— Je la trouve formidable. Mais là n'est pas la question. J'ai parlé avec Mme Lindstrom. Nous avons tous les deux… comment dire… de bonnes raisons pour ne plus vouloir être engagés dans une relation. Tu es un peu trop petite pour comprendre ces raisons, mais il faut que toi et Zoé respectiez notre choix, d'accord ?

— Est-ce que ça veut dire que tu ne vas plus jamais tomber amoureux de quelqu'un ? demanda Kristy d'une toute petite voix, qui fendit en deux le cœur de Brandon.

Il savait qu'elle voulait à tout prix une nouvelle maman. Il était prêt à déplacer des montagnes pour elle, mais il y avait des choses qui étaient impossibles. Tout en faisant griller la viande, il ouvrit la bouche pour répondre « Non, jamais » à sa fille, puis il se ravisa. En réalité, elle avait posé une excellente question, une question fondamentale, à laquelle il était difficile d'apporter une réponse trop tranchée.

Car, depuis quelques jours, il avait de nouveau connu la joie d'être aux côtés d'une femme au quotidien. En baissant le feu sous la viande puis en ouvrant un bocal de sauce, il se demanda s'il était vraiment prêt à vivre tout seul pendant le reste de ses jours. C'était évidemment Jill qui était responsable de ses doutes. Sans elle, il n'aurait éprouvé aucune difficulté à réaffirmer le principe qui avait guidé son existence depuis la mort de Sandy : « Pas d'amour, pas de souffrance. »

— Alors ? Tu ne veux pas répondre à ma question, papa ?

— Il ne faut jamais dire jamais, dit Brandon. Tu sais, ma chérie, il est très difficile de prédire l'avenir. On ne sait pas ce qui peut se passer. Mais ce n'est pas pour autant qu'il faut essayer de forcer les choses. Donc, je te le répète encore une fois, il faut que Zoé et toi cessiez votre petit jeu. C'est bien compris ? Je sais que tu veux bien faire, mais je n'ai pas besoin de toi pour tomber

124

amoureux. Je suis sûr que Mme Lindstrom a dit exactement la même chose à Zoé.

— Bon d'accord, finit par dire Kristy après un long silence.

Il ne fallait pas être grand psychologue pour se rendre compte qu'il ne s'agissait que d'une capitulation de façade. Kristy avait beau essayer d'avoir l'air triste, il y avait un reste de malice dans son regard qui n'échappa pas à Brandon. Cela ne faisait désormais plus aucun doute : les filles n'étaient pas prêtes à mettre un terme à leur intrigue.

— Je monte dans ma chambre en attendant que le dîner soit prêt, d'accord ? J'ai envie de lire.

Brandon se retrouva seul devant sa poêle, dont il mélangea machinalement le contenu. Aurait-il dû être plus ferme avec Kristy ? S'il était tellement persuadé qu'elle allait de nouveau lui désobéir, pourquoi n'avait-il pas brandi des menaces susceptibles de la faire réfléchir aux conséquences de ses actes ? Parce que, d'une part, il n'entrait pas dans son caractère de se montrer préventivement sévère et que, d'autre part, il n'oubliait pas que les deux filles avaient les meilleures intentions du monde.

Et puis, sans oser se l'avouer, il ne voulait

surtout pas manquer une nouvelle occasion de voir Jill. Son corps. Son sourire.

Jill s'essuya les mains avec une serviette propre tout en quittant la cuisine du *Wildflower* pour entrer dans la salle de restaurant. Elle était presque soulagée de voir qu'il n'y avait plus que quelques clients, tant la salle avait été bondée à l'heure du déjeuner.

Mais elle était heureuse car cela voulait dire que ses efforts étaient enfin couronnés de succès. Pendant des semaines et des semaines, elle s'était efforcée de trouver la juste formule pour le déjeuner, repas pour lequel il fallait arriver à un subtil équilibre entre qualité, quantité et prix. Apparemment, au vu du monde qui avait défilé aujourd'hui, elle l'avait atteint !

Elle se demandait toutefois si c'était exceptionnel ou si elle avait vraiment réussi à fidéliser une nouvelle clientèle. Pour avoir la réponse à cette question, elle devrait attendre un peu. En général, une tendance n'apparaissait clairement qu'au bout de deux ou trois semaines.

Elle prit tout à coup conscience qu'il ne servait plus à rien de raisonner en ces termes parce que, d'ici là, le *Steak Palace* aurait sûrement ouvert ses portes. Et la donne changerait du tout au tout.

Et tout cela à cause d'un homme auquel elle n'avait cessé de penser depuis plusieurs jours. Le restaurant de Brandon allait inévitablement lui causer d'innombrables soucis, et pourtant elle se morfondait de désir quand son image dansait devant ses yeux.

Elle le voyait encore allongé devant elle sur la plage. Ou alors courir avec les filles, leur raconter des histoires qui les faisaient hurler de rire. Brandon était un mélange unique de douceur et de sensualité, d'humour et de gentillesse. Et, pour ne rien gâcher, c'était un père formidable.

Elle eut soudain envie de s'arracher les cheveux, de hurler. Pour ne plus penser à lui. Pour essayer de se changer les idées, elle résolut d'aller faire un peu de comptabilité dans son bureau situé entre la cuisine et la salle de restaurant. De toute façon, s'asseoir un peu ne lui ferait pas de mal car elle sentait que son agitation intérieure devenait incontrôlable.

Sur le chemin, elle faillit bousculer Melanie, la gérante de la salle, qui venait de la cuisine. Ses longs cheveux noirs noués, comme d'habitude, en queue-de-cheval, la jeune femme fit un large sourire à sa patronne. Puis elle prit un air inquiet.

— Ça ne va pas, Jill ? Il s'est passé quelque chose dans ta famille ?

— Quoi ? rétorqua Jill d'un ton agacé.

— Ce n'est pas la peine d'être agressive. Je me fais du souci pour toi, c'est tout. Tu n'as pas bonne mine, je t'assure ! Tu es malade ?

— Non… non, il y a juste quelque chose qui me tracasse.

— Je sais. Les légumes, dit Melanie d'un air entendu. Les brocolis qui n'étaient pas de toute première fraîcheur. Ne t'en fais pas, le fournisseur va m'entendre.

— Il ne s'agit pas de légumes défraîchis, soupira Jill en se dirigeant vers son bureau.

— Mais qu'est-ce qu'il y a, alors ? demanda Melanie, qui l'avait suivie.

Jill n'était pas sûre de vouloir se confier à son employée. En même temps, elle avait été à ses côtés depuis le début et avait vécu de près toutes les péripéties du *Wildflower*. Sans être des amies intimes, les deux femmes étaient devenues assez proches. Jill se dit qu'après tout cela lui ferait peut-être du bien de parler de Brandon.

— Bon... j'ai fait la connaissance d'un homme il y a quelques jours.

— Tu as rencontré quelqu'un ? C'est génial ! Est-ce que tu sais s'il a un frère ? Un ami ? Pense à tes copines.

Jill dut contenir une pointe d'exaspération devant la réaction hystérique de Melanie. C'était LA célibataire du restaurant, qui ne rêvait que d'une seule chose : se marier et avoir des enfants. Elle était un peu ronde, mais très jolie avec son visage fin et ses épais cheveux couleur ébène. Melanie ne rencontrait pourtant personne. Elle mettait cela sur le compte d'une carence d'hommes intéressants à Elm Corner.

— Ne nous emballons pas, reprit Jill. Je t'ai dit que j'ai fait la connaissance de quelqu'un. Je ne t'ai pas dit qu'on sortait ensemble.

— Bon, d'accord. Où est le problème, alors ?

— Comme je viens de te le dire, nous ne sortons pas ensemble, mais je n'arrête pas de penser à lui.

— Et c'est ça qui te tracasse à ce point ? demanda Melanie, en croisant les bras et en fixant Jill avec un air légèrement ironique.

— Oui, répondit sèchement Jill qui, entre-temps, s'était assise derrière son bureau. Tu sais bien à quel point j'ai souffert quand Doug m'a quittée. Je n'ai aucune envie de revivre un tel cauchemar.

— Et voilà, on y est ! L'éternelle rengaine ! Pour me protéger je refuse de tomber amoureuse parce que les hommes sont tous d'affreux méchants. Mais enfin, Jill, quel âge as-tu ?

— Ecoute, Melanie, si c'est pour te moquer de moi, je mets tout de suite un terme à cette conversation.

— Excuse-moi, Jill, je me suis mal exprimée, dit Melanie avec un air sincèrement désolé. Mais je suis ton amie et je me dois d'être honnête avec toi, de te dire ce que je pense. Tu es une femme formidable, belle et aimante. Tu ne devrais pas rester seule.

Jill eut soudain envie de pleurer.

— Tu es gentille, Melanie. Toi non plus, d'ailleurs, tu ne devrais pas rester seule. Mais il y a une chose que je ne t'ai pas dite.

— Vas-y, ne me cache rien ! s'exclama Melanie en s'asseyant sur le bureau de Jill.

— Il s'agit de Brandon Clark, le propriétaire du *Steak Palace*.

— Je vois, commenta Melanie, devenue subitement pâle. La concurrence.

— Exactement, dit Jill. Il pourrait être à l'origine de la faillite du *Wildflower* et, pourtant, tout ce que je me dis c'est que c'est un homme formidable et un père incroyable. Chaque fois qu'il me regarde, je fonds sur place.

— Tu n'es donc pas insensible à son charme. Et alors ? Ce n'est pas si grave que ça !

— J'ai l'impression que tu ne comprends pas bien l'enjeu, Melanie. Le *Steak Palace* peut nous faire mettre la clé sous la porte !

— Je sais, je sais. Mais il faut savoir faire la part des choses entre vie privée et vie professionnelle. Des hommes comme lui, s'il est vraiment tel que tu le décris, ça ne court pas les rues dans la région. Si j'étais toi, je ne me poserais pas tant de questions.

— Et qu'est-ce que nous ferons quand l'un sera responsable de la faillite de l'autre ? Là aussi, on séparera vie professionnelle et vie privée ? Réfléchis deux secondes, Melanie, c'est impossible !

— Pas nécessairement. C'est toi qui veux que ce soit impossible. Si cela ne marche pas, tant pis. Et, te connaissant, je suis sûre que tu seras tout à fait capable d'ouvrir un autre restaurant ailleurs si un jour tu fais faillite ici. Il pourrait s'agir de l'homme de ta vie. Mais tu ne le sauras jamais si tu n'essayes rien.

— Ecoute, j'ai déjà été mariée une fois. C'est censé être pour la vie et pourtant cela n'a pas duré très longtemps. Alors excuse-moi de ne pas partager ton optimisme, mais il me semble que j'ai une certaine légitimité à vouloir être sur mes gardes. Brandon est peut-être l'homme le plus beau et le plus charmant que j'ai jamais rencontré, mais il faut quand même que je me protège.

Melanie allait répondre lorsque Kate, l'hôtesse d'accueil du restaurant, passa sa tête par l'entre-bâillement de la porte.

— Jill, il y a quelqu'un qui voudrait vous voir.

— Qui est-ce ?

— Brandon Clark.

— Je… je te remercie, Kate.

— Quand on parle du loup, dit Melanie avec un grand sourire.

— Je suis sûre qu'il est là pour parler de Kristy, sa fille, et de Zoé. Tu sais qu'elles sont devenues

132

les meilleures amies du monde et qu'elles se sont mis en tête de nous mettre ensemble ?

— C'est vrai ? Comment le sais-tu ?

— Il suffit de les voir pouffer de rire quand elles nous voient ensemble. En quelques jours, elles ont réussi à nous forcer à nous voir à trois reprises. Je m'étonne d'ailleurs qu'il ne se soit rien passé depuis deux jours.

— Il vient peut-être pour autre chose, alors ? demanda Melanie d'une voix malicieuse. Et puis, s'il veut vraiment parler des enfants, il peut le faire par téléphone.

— Arrête tes bêtises.

— Je suis prête à parier dix dollars qu'il est fou amoureux de toi.

— Tu dis n'importe quoi, je m'en vais.

D'un bond, Jill se leva de son bureau pour aller à la rencontre de Brandon. Elle n'osait pas se l'avouer, mais elle était rudement contente de le voir !

7.

Brandon s'efforçait de rester immobile dans l'entrée du *Wildflower Grill*. Il ressentait cependant une certaine gêne à l'idée de pénétrer dans l'antre de Jill, comme s'il était sur le point de violer son intimité.

Il avait longuement hésité avant de venir, mais il avait finalement franchi le pas pour deux raisons. L'une, avouable : parler des filles, l'autre, beaucoup moins : se rendre compte par lui-même de la façon dont fonctionnait le restaurant de sa concurrente.

Et puis il y avait Jill elle-même. Inconsciemment, c'était son envie irrépressible de la voir qui avait guidé ses pas jusqu'ici. Le désir avait été plus fort que la raison. Mais il s'était résolu à ne rien laisser transparaître de son attirance pour elle. De toute façon, il se pourrait très bien qu'elle refuse de le laisser entrer !

En attendant, de là où il se trouvait, il avait une vue imprenable sur le *Wildflower*. Il fut bluffé par le décor : un camaïeu de verts, avec des plantes disposées un peu partout qui semblaient se fondre dans les murs vert pastel. Des tableaux représentant la nature renforçaient l'impression d'un espace végétal. Une douce musique de fond achevait de faire de l'établissement un lieu à la fois apaisant et chaleureux.

Avançant de quelques pas, Brandon remarqua ensuite qu'un bouquet de fleurs sauvages était posé sur chaque table. Au plafond, des ventilateurs de bois tournaient tout doucement et, dans le coin qui lui faisait face, il vit une petite cascade qui se jetait dans une mare entourée de mousse et de hautes herbes. Tout cela contribuait à la qualité de l'ambiance sonore du restaurant, un paramètre qui était essentiel pour le bien-être des clients.

Il était très admiratif de ce qu'avait réussi à créer Jill. Elle avait transformé un espace relativement petit, sans intérêt architectural au départ, en une petite oasis dédiée à la gastronomie. Il se dit tout à coup que ça n'allait pas être si facile que cela d'attirer les habitués du *Wildflower Grill* au *Steak Palace*.

Cette pensée commençait d'ailleurs à le mettre mal à l'aise, mais il ne put y réfléchir davantage car il vit Jill qui s'avançait vers lui. Elle était plus belle que jamais, vêtue d'un pantalon bleu marine tout simple et d'un haut blanc à manches courtes, qui mettaient en valeur ses formes harmonieuses. Elle avait tiré ses magnifiques cheveux blonds en arrière, ce qui faisait ressortir la finesse de ses traits et le bleu si intense de ses yeux.

— Bonjour, Brandon, dit-elle avec un sourire engageant.

Il poussa un soupir de soulagement et fut incapable de dire quoi que ce soit. Il s'était tellement persuadé qu'elle ne voudrait pas lui parler qu'il était décontenancé par la chaleur de son accueil.

— Qu'est-ce que je peux faire pour toi ? demanda Jill, avec cette fois une légère expression d'étonnement dans le regard.

— Je… je suis venu pour te parler des filles.

— Il leur est arrivé quelque chose ?

— Non, non, ne t'inquiète pas. Je suis juste persuadé qu'elles préparent un nouveau coup. Cette fois, il faut que nous trouvions une parade.

Jill hocha doucement la tête, jeta un coup d'œil à la salle puis à sa montre.

— Bon, d'accord. Tu as bien choisi ton heure. Le rush du déjeuner est terminé. Je peux donc me permettre une petite pause.

— Et si nous discutions autour d'un bon repas ?

— Ici ?

— Pourquoi pas ?

— D'accord. Nous allons nous installer à ma table préférée.

— Cela me fait très plaisir de découvrir la carte du *Wildflower*.

Il la suivit de près à travers le restaurant. Elle choisit une table pour deux, juste à côté du bar. Brandon se précipita et réussit à tirer la chaise sur laquelle elle s'apprêtait à s'asseoir.

Jill l'observa avec un air amusé puis s'assit. Après s'être assuré qu'elle était bien installée, il fit le tour de la table et s'assit en face d'elle. Quel plaisir de jouer au gentleman !

Il ouvrit le menu, prenant intérieurement note de la mise en page de la carte ainsi que des différents coloris utilisés, puis il lut attentivement les plats proposés. Pour le déjeuner, le choix allait de hamburgers « faits maison » à des sandwichs élaborés, en passant par divers poissons grillés, quelques entrées à base de viande et plusieurs types de salades.

Le *Wildflower* ne proposait qu'un seul plat avec du steak, ce qui était plutôt de bon augure pour son propre restaurant. En même temps, dans son ensemble, il trouvait qu'il y avait plus de variété dans la carte de Jill que dans la sienne. Et, en termes de calories, on mangeait nettement plus léger ici que chez lui.

Un décor impressionnant, une carte très alléchante : Brandon commençait vraiment à se dire qu'il avait en face de lui une redoutable compétitrice. Il releva enfin son nez du menu et constata que Jill le fixait droit dans les yeux, avec un regard plus que circonspect. Se doutait-elle qu'il était venu en tant qu'espion ? Il se racla la gorge.

— Je ne sais pas quoi prendre, tout a l'air tellement bon ! dit-il d'un ton détaché. Qu'est-ce que tu me conseilles ?

Jill fronça les sourcils, le fixant toujours avec un air méfiant.

— Je peux te recommander le flétan grillé au wasabi, particulièrement réussi aujourd'hui, mais aussi la salade César avec du poulet rôti. Cela dit, cher concurrent, tout est délicieux.

— Je n'en doute pas, s'exclama-t-il, en déboutonnant un peu plus son col. Va pour le flétan, j'ai envie de poisson.

— Excellent choix, commenta Jill, tout en buvant son verre d'eau à grandes gorgées. En attendant nos plats, parlons des filles. Que se passe-t-il ? Elles trament quelque chose ? Tu as des soupçons ?

— Rien de précis, répondit Brandon en haussant les épaules. Mais je suis persuadé qu'elles s'apprêtent à frapper un grand coup. Depuis quelque temps, Kristy rôde dans la maison. Je la retrouve dans des endroits où elle n'a absolument pas l'habitude d'aller, avec un air à la fois affairé et coupable.

— Satanées petites filles ! s'exclama Jill. J'ai pourtant eu une très longue conversation avec Zoé. Pas plus tard qu'hier. Je lui ai dit qu'elles devaient mettre fin à leur petit jeu. Sans résister, elle a dit oui à tout ce que je lui demandais. J'aurais dû me méfier !

— Moi aussi, j'ai parlé avec Kristy. Elle a commencé à bouder quand je lui ai expliqué pourquoi leur... plan ne pouvait pas marcher. Mais après elle n'a plus insisté. Je m'étais bien dit que ça n'était sans doute pas normal, sans toutefois exclure l'éventualité qu'elle allait effectivement accepter de cesser d'intriguer. Que veux-tu ? L'espoir fait vivre ! Mais je crois que je vais en être pour mes frais... que *nous* allons en être pour nos frais.

— C'est quand même incroyable que...

Jill fut interrompue par l'arrivée de la serveuse.

— Qu'est-ce qui vous ferait plaisir ? demanda celle-ci avec un sourire éclatant.

Brandon eut l'impression d'être dévoré du regard par la jeune femme, qui semblait tellement gaie que cela en devenait louche. Jill lui avait-elle demandé de l'empoisonner ? Histoire de se débarrasser d'un concurrent gênant ?

— Nous voudrions deux flétans grillés s'il te plaît, Rachel, avec juste ce qu'il faut de wasabi, répondit Jill d'un ton sec, en fixant son employée d'un regard noir.

— C'est parti ! s'exclama Rachel, toujours aussi joyeuse.

Dès qu'elle fut partie, Jill s'enfonça sur sa chaise en poussant un grand soupir.

— Ce n'est pas vrai...

— Qu'est-ce qu'il y a ? demanda Brandon.

— Tu as vu la serveuse ?

— Rachel ? Elle est toujours aussi gaie ?

— Bien sûr que non. J'imagine qu'elle a voulu vérifier par elle-même si les ragots qu'elle avait entendus étaient fondés. Je ne sais pas ce qu'elle a bien pu conclure de ces trente secondes passées devant nous, mais, en tout cas, ça l'a bien amusée.

— J'avoue que je ne vois pas exactement où tu veux en venir.

— Le fait est que je ne sais pas tenir ma langue. J'ai eu le malheur de… parler de toi à ma chef de salle, enfin des moments qu'on a passés ensemble. Comme elle était à côté de moi quand tu es arrivé, elle est persuadée que tu es venu ici pour flirter. Et elle s'est évidemment empressée de mettre tout le monde au courant.

— Et… tout le monde, comme tu dis, sait qui je suis ?

— Bien sûr. Mais, apparemment, mon personnel ne voit aucun inconvénient à ce que tu sois mon concurrent direct. Je ne sais pas si ce sont d'incorrigibles romantiques, mais ils n'ont pas l'air de vouloir comprendre qu'entre nous une relation est rigoureusement impossible.

— C'est ce que tu leur as dit ?

— C'est la vérité, non ? Je veux bien admettre

que l'on s'entend bien, mais c'est tout. Et puis, si ça se trouve, tu n'es pas venu ici pour moi, mais pour espionner mon restaurant. Allez, avoue !

— Je plaide coupable, dit Brandon, devenu tout rouge. Je voulais effectivement me faire une idée de la façon dont tu menais ta barque. J'en mourais d'envie. J'espère que tu me pardonnes. Et n'oublie pas que nous devons quand même parler des filles.

— Cela sent le prétexte, cher monsieur Clark. Nous aurions pu évoquer ce sujet par téléphone.

En plus d'être belle et propriétaire d'un très beau restaurant, Jill était perspicace. Pouvait-on rêver femme plus idéale ?

— Jill, tu m'as pris la main dans le sac. Je n'ai plus d'excuses et fais amende honorable.

Elle se pencha vers lui avec des yeux malicieux et un air conquérant.

— Tu reconnais donc que…

Elle fut interrompue par un client, assis deux tables plus loin, qui hurla en direction de Rachel qu'il voulait du poulet rôti.

— C'est M. Hobbs, expliqua-t-elle, en faisant un signe de tête vers l'homme qui s'était immiscé dans leur conversation. Il est assez âgé et n'entend plus très bien.

— Ecoute, Jill, pour revenir à ce que nous disions il y a un instant, je suis désolé de ne pas t'avoir plus clairement exposé mes intentions. J'aurais dû te demander l'autorisation avant de venir faire mon enquête au *Wildflower*.

Jill prit un air fâché, un peu comme une mère s'apprêtant à gronder son enfant. Elle tapota des doigts sur la table, sans le quitter des yeux. Après un long silence, elle finit par sourire.

— Normalement, je devrais être très en colère que tu instrumentalises les filles pour venir observer en cachette mon restaurant. Mais, en réalité, je ne peux pas t'en vouloir, puisque, chaque fois que je passe devant le tien, j'essaie de voir ce qu'il y a à l'intérieur. Nous voilà donc quittes.

Jill prenait les choses avec philosophie, songea Brandon. Cela faisait un souci en moins. Il allait pouvoir profiter en toute sérénité de son déjeuner, qui avait l'air absolument divin. Rachel venait en effet d'apporter leurs assiettes, avec le poisson grillé, des légumes sautés et du riz pilaf.

Pendant qu'ils dégustaient leurs plats, Brandon et Jill parlèrent de tout et de rien : la météo, leurs livres favoris, leurs meilleures recettes, la politique. Au bout d'un certain temps, la discussion revint à leur sujet favori : Zoé et Kristy. Brandon reconnut que sa tactique de « faire comme si de rien n'était » n'avait pas eu les résultats escomptés. Ils décidèrent d'un commun accord qu'ils allaient avoir, chacun de leur côté, une nouvelle conversation avec leur fille, avec, cette fois, des menaces de punition en cas de désobéissance.

— Ce n'est pas du tout ce que j'ai commandé. Reprenez cette assiette.

C'était la grosse voix de M. Hobbs qui avait interrompu leur tête-à-tête. Il n'avait pas l'air content.

— Mais, monsieur Hobbs, dit Rachel d'une voix patiente, je vous assure que vous aviez demandé une cuisse de poulet rôti. Regardez, je l'ai noté là, sur ma fiche.

— Ce que vous avez écrit là-dessus ne m'intéresse pas, répondit le vieil homme en croisant les bras. Comment aurais-je pu commander du poulet puisque je déteste le poulet ?

Posant sa serviette sur la table, Jill se leva et se dirigea vers la table de son client en colère.

— Ne vous en faites pas, monsieur Hobbs,

tout va s'arranger. Que souhaitez-vous pour votre déjeuner ?

— Du steak, répondit-il en regardant Rachel d'un air triomphant. A point.

— Rachel, tu veux bien transmettre la commande dans la cuisine ? Et demande-leur également de préparer un morceau de tarte aux pommes. Il me semble qu'il s'agit là d'un des desserts favoris de monsieur Hobbs. C'est la maison qui offre, bien entendu.

Rachel s'exécuta sans rien dire.

— Est-ce que cela vous convient, monsieur Hobbs ? demanda Jill.

— C'est parfait, Jill. Il n'y a que vous qui sachiez comment traiter la clientèle. C'est d'ailleurs la raison pour laquelle je reviens toujours ici.

— J'en suis très honorée.

Brandon n'avait pas manqué une miette de la scène. La façon dont Jill avait réussi à désamorcer un scandale était… impressionnante. Elle savait décidément y faire.

— Rachel travaille généralement le soir. Elle n'est donc pas habituée aux… manières un peu particulières de ce cher M. Hobbs, lui expliqua Jill après s'être rassise.

— Je n'aurai qu'un mot : bravo !

146

— Cesse de me flatter pour te faire pardonner d'être venu m'espionner.

— Il ne s'agit pas de flatteries. Je trouve que tu as parfaitement réagi face à une situation qui n'est jamais facile à gérer. Tu as réussi le tour de force de satisfaire un client, qui, pourtant, était dans son tort, sans humilier Rachel. Elle n'était pas contente, bien sûr, que tu sois intervenue. Mais, comme tu l'as fait avec tact, tout s'est bien passé.

Brandon vit Jill rougir.

— Arrête, tu exagères, dit-elle d'un air gêné.

— Pas du tout et, au-delà de l'exemple de M. Hobbs, j'en profite pour te dire que je trouve que le *Wildflower* est un très bel endroit. C'est remarquable ce que tu as réussi à créer. Comme tu le sais maintenant, j'ai tout observé dans les moindres détails et je t'avoue que je suis un peu inquiet. J'ai peur de ne pas être à la hauteur.

— C'est gentil de me dire cela, Brandon, répondit Jill avec un sourire éclatant. Cela me fait même très plaisir.

Ils se regardèrent en silence pendant un long moment. Leurs têtes se rapprochèrent… jusqu'à ce qu'ils soient interrompus par une autre serveuse, qui pria Jill de venir régler un problème en cuisine. Sans le quitter des yeux, elle se leva avec grâce.

— Je reviens.

Elle s'éloigna et Brandon put contempler à son aise sa silhouette parfaite. Il en vint à la conclusion que, au-delà du décor, de la richesse du menu et de la qualité du service, le principal atout du *Wildflower* c'était elle, cette femme superbe qui, une fois de plus, avait réussi à mettre tous ses sens en émoi.

Jill résolut rapidement le problème survenu en cuisine et s'apprêtait à rejoindre Brandon lorsqu'elle s'arrêta un instant. Il fallait qu'elle recouvre ses esprits après ce qu'il lui avait dit. Elle avait envie de hurler de joie.

Brandon paraissait vraiment sincère quand il lui avait dit qu'il était impressionné par ce qu'elle avait accompli. Pour Jill, un tel compliment venant de sa bouche valait de l'or. Y avait-il quelque chose de plus gratifiant que de voir son œuvre louée par l'homme le plus beau, le plus gentil et le plus drôle de la terre ?

Quand elle retourna dans la salle du restaurant, elle se rendit compte qu'il s'était levé de table.

Elle l'aperçut au comptoir, où il était visiblement en train de régler l'addition. Elle s'approcha à grands pas pour éviter de le laisser faire, sans manquer de remarquer, une nouvelle fois, à quel point Brandon était bien bâti et habillé avec goût.

Jill avait beau se creuser la tête, elle ne trouvait pas une seule chose à redire sur lui. Ah si ! Un petit détail qui avait son importance : Brandon Clark était l'heureux propriétaire du *Steak Palace*.

— J'ai payé, dit-il.

— Je te rappelle que je suis la patronne de ce restaurant. C'est donc moi qui t'invite.

— — Non, non, il n'en est pas question. Tu m'as déjà fait un grand cadeau en acceptant de déjeuner avec moi.

— Il suffit de te regarder pour comprendre que ce n'est pas la peine d'insister, plaisanta Jill. Alors c'est à charge de revanche... encore faut-il qu'une occasion se présente. Et, maintenant que j'y pense, cela n'est pas inscrit au programme.

— Hélas non, confirma Brandon avec un air triste. Bon, il faut que j'y aille, j'ai un rendez-vous dans dix minutes à l'autre bout de la ville. Je ne sais pas comment te remercier pour ce moment passé ensemble. Une fois de plus, j'ai pris énormément de plaisir à discuter avec toi. Et je dois à la vérité de dire que j'ai très bien déjeuné.

N'arrivant pas à le quitter, Jill suivit machinalement Brandon lorsqu'il ouvrit la porte du *Wildflower*.

— Je t'accompagne jusqu'à ta voiture, dit-elle d'une voix gênée.

Elle se sentait si bien aux côtés de cet homme qu'elle voulait profiter jusqu'au dernier instant de sa présence.

— Brandon ? reprit-elle lorsqu'ils s'arrêtèrent devant son 4x4. Il faut que je te dise quelque chose.

— Je t'écoute, répondit-il avec un regard plein de bienveillance.

— Je voudrais juste te remercier pour ce que tu m'as dit tout à l'heure sur le restaurant. Ton avis m'importe beaucoup et je suis très flattée que tu apprécies mon travail.

Brandon referma sa portière, et fit le tour de la voiture pour se rapprocher de Jill, qui sentit soudain son cœur battre à toute vitesse.

— Pourquoi me dis-tu cela ? dit-il d'une voix à la fois grave et sensuelle. Tu n'as de leçons à recevoir de personne. Au contraire, c'est moi qui devrais venir te consulter. Car c'est vrai, je le répète, je suis impressionné par ce que tu as réussi à faire.

— Je crois que c'est la première fois qu'on me dit ce genre de choses.

— Je ne connais pas les gens que tu fréquentes ou que tu as fréquentés, murmura-t-il. Mais il faut être particulièrement blasé ou tordu pour ne pas se rendre compte que tu as accompli quelque chose d'incroyable. Tu es une femme remarquable, Jill.

Ces quelques mots furent comme une libération. Jill eut l'impression que les nœuds qu'elles avaient contractés depuis des années, à cause de son père, à cause de Doug, à cause des débuts difficiles du *Wildflower*, se défaisaient l'un après l'autre, comme par enchantement. Elle éprouva une sensation de bien-être et de légèreté qu'elle n'avait pas connue depuis… depuis très longtemps. Qu'elle n'avait d'ailleurs peut-être jamais connue.

Elle lui sourit, incapable de dire quoi que ce soit et tout aussi incapable de détacher ses yeux des siens.

D'un geste à la fois timide et spontané, il lui

caressa doucement la joue, puis écarta une mèche de cheveux qui tombait devant ses yeux.

— Tu es tellement belle, chuchota-t-il dans le creux de son oreille.

Une onde de choc la parcourut tout entière. Elle eut l'impression très nette que son corps s'était mis à revivre, comme s'il avait hiberné jusqu'à ce moment d'intimité volé sur un parking. Ivre de désir et ne voulant surtout pas perdre cette nouvelle vitalité qu'elle sentait battre en elle, elle s'approcha encore plus de lui. S'appuyant sur son torse musclé, elle se mit sur la pointe des pieds et posa ses lèvres sur les siennes.

Brandon laissa échapper un râle de plaisir, jeta ses bras autour d'elle et répondit fougueusement à son baiser.

Hors d'haleine, Jill l'enlaça à son tour. Fermant les yeux, elle s'abandonna. Elle eut l'impression de flotter dans les airs, de vivre un instant hors de l'espace et du temps. Et, pourtant, embrasser Brandon avait semblé un acte tellement naturel ! Elle se surprit à penser que toute sa vie avait été programmée pour vivre ce moment.

Elle se délectait du contact de son corps, mais aussi de son odeur, un mélange subtil d'eau de toilette, de savon et du parfum naturel de sa peau. Sous ce doux soleil automnal, elle eut la sensation que leurs deux êtres ne formaient plus qu'un.

Elle aurait aimé que le temps s'arrête. Jamais elle ne s'était sentie aussi bien dans les bras d'un homme. Elle brûlait d'envie d'aller plus loin, de satisfaire tout de suite le désir qui la consumait de l'intérieur.

Mais il lui suffit d'ouvrir un œil pour se rendre compte que, contrairement à ses espoirs les plus fous, le monde autour d'eux avait continué d'exister. Le Klaxon d'une voiture acheva de la ramener à la réalité.

Qu'avait-elle fait ? Est-ce qu'elle avait perdu la tête ?

Tremblante, elle se défit de l'étreinte de Brandon. Reculant de quelques pas, encore incrédule, elle toucha ses propres lèvres du bout des doigts. Un frisson glacé traversa tout son corps.

— Jill, murmura Brandon. Ne t'en va pas.

— Laisse-moi, répondit-elle d'une voix très faible. J'ai l'impression que je deviens folle.

— Moi aussi j'ai l'impression de ne plus être moi-même, d'être transfiguré par ton baiser.

Combattant de toutes ses forces l'élan qui la poussait de nouveau vers Brandon et ses lèvres si sensuelles, si douces et si douées pour les baisers, Jill inspira profondément.

— Brandon… je… nous n'aurions jamais dû. Enfin, je n'aurais jamais dû t'embrasser. Je ne sais pas ce qui m'a pris.

Il ne répondit rien, se contentant de la regarder droit dans les yeux avec un air à la fois triste et interrogateur. Gênée par le silence, Jill reprit la parole.

— Nous sommes très attirés l'un par l'autre. Ça ne fait aucun doute.

— Tu es la plus belle femme que j'aie jamais rencontrée. En plus de cela, tu es intelligente, et drôle. Comment te résister ?

Une fois encore, elle était touchée et flattée par les mots de Brandon, qui faisaient tellement de bien à son amour-propre meurtri.

— Brandon, j'aimerais tant que notre… rencontre puisse déboucher sur quelque chose de solide… mais… mais…

— Ce n'est pas possible, c'est ça ? compléta-t-il tout en se rapprochant d'elle, prêt à l'embrasser de nouveau.

Jill fit encore un pas en arrière, ne voulant pas succomber une nouvelle fois à la tentation. Il fallait qu'elle réfléchisse, qu'elle laisse triompher sa raison et non son corps.

— Je suis désolée de te répéter toujours la même chose, mais tu es mon concurrent, Brandon. Je n'arriverai jamais à faire abstraction de cela.

— Cela ne m'empêche pas d'avoir encore envie de poser mes lèvres sur les tiennes, de serrer ton corps contre le mien.

— Je pourrais très facilement m'abandonner complètement entre tes bras. Cela fait si longtemps qu'un homme ne m'a pas parlé comme ça.

— Je ne comprends pas, dit Brandon en lui caressant doucement la joue. J'étais persuadé que la gent masculine dans son ensemble était à tes pieds. Si tu étais ma femme, je me sentirais tellement honoré de pouvoir être à tes côtés que je ne me lasserais pas de te faire des compliments.

Jill eut la gorge serrée en entendant ces paroles, qui semblaient tout droit sorties de ces histoires d'amour finissant toujours bien qui avaient bercé son enfance. Cela devait être quelque chose que d'être aimée par Brandon Clark. Elle savait qu'elle n'avait qu'un tout petit pas à faire pour le rejoindre dans un monde merveilleux de douceur et de tendresse, de sensualité et d'érotisme.

Mais, malgré elle, Jill ne s'en sentait pas capable. Les barricades qu'elle avait érigées autour de son cœur depuis son divorce avec Doug lui semblaient infranchissables. Elle s'était déjà livrée une fois corps et âme à un homme. Cela lui avait suffi. Il fallait qu'elle l'explique à Brandon.

— Je t'assure, même si j'en meurs d'envie, je ne peux pas imaginer une relation avec toi. Parce que, je le dis et je le répète, il me paraît dangereux de m'attacher à quelqu'un qui pourrait être à l'origine de ma faillite. Mais ce qui me retient encore plus, c'est mon ex-mari. Tu ne peux pas savoir à quel point il m'a fait souffrir, à quel point il m'a fait perdre toute confiance en moi. Je sais que tous les hommes ne sont pas comme Doug, mais j'ai bien peur qu'il m'ait infligé des blessures inguérissables. Tout ce qui ressemble de près ou de loin à l'amour me fait fuir.

— Tu l'as dit toi-même, je ne suis pas ton ex-mari. Jamais je ne te ferai de mal.

Le ton de Brandon s'était durci. Il avait manifestement été froissé d'avoir été mis dans le même sac que Doug.

— Peut-être pas intentionnellement, répondit-elle doucement. Mais peut-on parier sur l'avenir ? Toute relation est comme un organisme vivant, elle peut évoluer selon des règles qui lui sont propres. De toute façon, ne m'as-tu pas dit toi-même que tu redoutais par-dessus tout de revivre l'atroce expérience que tu as connue avec Sandy ?

— C'est vrai, admit-il en soupirant. Et c'est toujours valable.

— Tu vois ? Nous sommes donc d'accord. Il ne faut plus que l'on se voie. Même si nous en mourons tous les deux d'envie.

— Ce n'est pas parce que l'on a échangé un baiser que nous sommes déjà engagés dans une relation, dit Brandon d'un ton amer. Mais tu as raison, nous n'aurions pas dû. Nous avons passé beaucoup de temps ensemble ces derniers jours. J'ai appris à te connaître et à t'apprécier. Encore une fois, tu es une femme remarquable, Jill. Je me suis laissé emporter par mon élan.

— Cela me fait tellement de bien de t'entendre dire cela, soupira Jill, qui était devenue toute rouge. Mais mon instinct de survie est trop fort pour te laisser une place dans mon cœur.

— Encore une fois, Jill. Si nous formions un couple, je ne t'abandonnerais pas. Quand je donne, c'est pour la vie.

— Je ne sais pas pourquoi nous avons cette conversation puisque nous parlons de quelque chose qui n'arrivera jamais. Mais comment pourrais-je, dans le… cas de figure que tu évoques, être sûre que tu resteras toujours avec moi ? Après tout, tu as bien tout quitté pour venir t'installer ici, à Elm Corner. Pour le bien-être de ta fille. Qui me dit que tu ne feras pas la même chose quand Kristy sera plus grande ?

— Si c'était le cas, tu pourrais me suivre.

La discussion était devenue absurde. Ils évoquaient un lointain futur à deux alors qu'ils venaient une nouvelle fois de convenir qu'un avenir commun était impossible. Mais Jill continua dans la même veine, voulant avoir le dernier mot.

— Venir avec toi ? Et le restaurant ? Je devrais l'abandonner ? Et est-ce tu aurais vraiment envie que je vienne avec toi ?

Brandon s'était rapproché d'elle. Il lui prit la main, la porta à sa bouche puis lui chuchota à l'oreille :

— Je vois que tu es encore hantée par le fantôme de Doug. Il faut que tu me croies quand je te dis que je suis différent de lui. Si j'avais la chance d'être avec toi, je ne te quitterais jamais.

158

Ces mots et le souffle de sa voix sur sa nuque avaient ravivé son désir. Jill était à deux doigts de craquer, se sentant comme happée par l'univers merveilleux que lui avait décrit Brandon. Sa volonté ploya, mais ne se rompit pas. Même si cela lui brisait le cœur, elle n'avait pas d'autre choix que de le repousser.

— Brandon, tu vis dans un rêve. Tu projettes des choses, des images qui peuvent très bien ne jamais se réaliser. Toi aussi, tu as subi les effets dévastateurs des aléas de l'amour. Et, à mon avis, de façon encore plus violente que moi. Il ne serait pas raisonnable de te mettre en position de risquer de vivre une nouvelle fois un tel cauchemar.

— C'est vrai, finit-il par dire, en soupirant tristement. Je veux me protéger.

— Alors la discussion est close, répliqua vivement Jill, en s'efforçant de ravaler les sanglots qu'elle sentait monter en elle.

Pendant de longues minutes, ils se regardèrent en silence, main dans la main. Brandon fut le premier à rompre le charme. Il consulta sa montre puis sortit ses clés de voiture de sa poche.

— Il faut que j'y aille. Je suis en retard pour

mon rendez-vous. Merci beaucoup pour ce déjeuner.

Sans un mot de plus, il se retourna, s'installa derrière le volant et démarra.

Quelques secondes plus tard, son véhicule avait disparu du champ de vision de Jill. A présent qu'il était parti, elle pouvait se permettre de laisser libre cours à son chagrin.

Ses larmes coulèrent à flots. Elle avait espéré qu'elle serait soulagée d'avoir tenu bon face à la tentation que représentait Brandon. Il n'en était rien.

8.

Installée derrière le comptoir du *Wildflower*, Jill s'apprêtait à faire les comptes du déjeuner. Il n'était que 14 h 30, mais elle était déjà épuisée. Les clients s'étaient, une nouvelle fois, succédé. Elle n'avait pas à s'en plaindre, c'était la rançon du succès. Mais elle avait envie de souffler un peu.

Quand elle entendit la porte d'entrée sonner, elle leva machinalement la tête. C'était normalement vers cette période de la journée que Fred apportait le courrier. Mais ce n'était pas le facteur. C'était Brandon ! Tétanisée, elle sentit sa gorge se nouer. Les différentes factures qu'elle avait commencé à additionner s'échappèrent de ses mains et s'éparpillèrent à ses pieds.

Leur baiser remontait à deux jours. Elle n'avait pas vu Brandon depuis, et ne lui avait pas parlé, mais il ne s'était pas passé une seule seconde sans qu'elle ne pense à lui. Il s'avança vers elle. Il n'avait pas l'air dans son état normal. Ses cheveux étaient ébouriffés, et ses yeux marqués par l'inquiétude.

— Que se passe-t-il ? demanda-t-elle vivement.

— Regarde ce que j'ai trouvé sur mon bureau, au restaurant ! s'exclama-t-il en brandissant un bout de papier.

Les mains tremblantes, elle prit la feuille que Brandon lui tendait. Les mots étaient tapés à l'ordinateur.

« Chers maman et papa,

» Nous nous sommes cachées quelque part.

» A vous de nous trouver.

» Allez dans la maison de Kristy pour trouver un indice.

Zoé et Kristy. »

Jill regarda Brandon avec des yeux ébahis.

— Ne s'arrêteront-elles donc jamais ? demanda-t-elle.

— Je n'arrive pas à le croire, répondit Brandon en fourrant le papier dans sa poche. Je savais bien qu'elles préparaient quelque chose. Je…

162

j'étais même venu te voir pour t'en parler. Mais je n'aurais jamais imaginé qu'elles oseraient faire une chose pareille.

— Dis-moi, Brandon, elles ne sont pas en danger ? Je veux dire, tu es d'accord avec moi que ce sont bien nos deux petites coquines qui ont écrit ce texte ? Elles n'ont pas été enlevées ou je ne sais quoi ?

Brandon s'approcha d'elle et posa ses mains sur ses épaules.

— Il n'y a rien à craindre. Je pense que nous allons très vite les retrouver.

— Je n'en reviens toujours pas. C'est tout de même incroyable, tout ce mal qu'elles se donnent pour que nous nous mettions ensemble.

— Cela prend en effet des proportions considérables, répondit Brandon, tout en prenant Jill dans ses bras, comme pour achever de la rassurer.

— Que fait-on, maintenant ?

— Nous n'avons pas d'autre choix que de suivre leurs instructions. Je t'assure que Kristy va passer un sale quart d'heure quand j'aurai déniché sa cachette.

Soulagée de ne pas être seule dans cette épreuve, Jill demanda à Brandon de l'attendre dans sa voiture devant le *Wildflower*. Il courut vers le parking. Elle en profita pour donner ses instructions à Melanie et dans la cuisine.

Une minute plus tard, elle s'installait à côté de lui. Il démarra en trombe. Elle se frotta nerveusement les mains, ce qui était chez elle un signe infaillible d'inquiétude. Elle souhaitait retrouver les enfants au plus vite.

— Je vais appeler mon père pour lui demander s'il sait où sont les filles, dit-elle en cherchant son téléphone dans son sac. Cela ne servira à rien parce que je suis sûre qu'il est impliqué depuis le début dans toute cette histoire. Mais, au moins, j'aurai l'impression de faire quelque chose.

Elle appela d'abord chez lui. Personne. Elle tenta ensuite sa chance sur le portable de son père. Elle tomba tout de suite sur son répondeur.

— Il a sûrement oublié de recharger son téléphone, dit-elle avec une voix excédée. Je lui ai pourtant acheté pour que, justement, il puisse être joignable en cas d'urgence. C'est réussi !

Trop irritée pour continuer à parler, elle resta silencieuse jusqu'au moment où Brandon, cinq minutes plus tard, arrêta sa voiture devant chez lui. Pendant le court trajet, Jill avait passé en revue toutes les punitions qu'elle allait infliger à Zoé. Car, même si elle était, malgré tout, contente de revoir Brandon, sa fille avait dépassé les bornes. Ce n'était plus de désobéissance sans conséquence dont il s'agissait, mais d'insubordination caractérisée.

En sortant du véhicule, elle se rappela qu'elle n'était jamais venue chez Brandon. C'était toujours son père qui allait chercher Zoé quand elle était chez Kristy.

Malgré la gravité de la situation, l'idée de voir la maison de Brandon piqua sa curiosité. Elle ne manqua pas de remarquer le grand jardin qui l'entourait, dont les pièces maîtresses étaient un chêne et plusieurs ormes. La bâtisse elle-même avait un côté désuet avec ses murs peints en vert foncé et son porche.

Ils traversèrent à toute vitesse une entrée carrelée puis déboulèrent en trombe dans une vaste salle à manger, meublée de luxueux canapés en cuir noir, d'une table à manger en chêne massif et d'un téléviseur à écran plat. Il n'y avait pas la moindre trace de poussière dans la pièce. L'aspirateur devait certainement y passer une fois par jour.

Brandon courut vers la cuisine, elle aussi très spacieuse et très propre. Tout y était à la fois sobre et moderne. Seules les innombrables créations artistiques de Kristy apportaient une touche de couleur à l'ensemble.

Jill ne put s'empêcher de sourire lorsqu'elle nota que même l'éponge était rangée, bien à sa place, dans une espèce de bol posé à côté de l'évier. Brandon était indubitablement quelqu'un d'ordonné. On pourrait même le soupçonner d'un zeste de maniaquerie…

Au bout de quelques instants, il trouva ce qu'ils étaient venus chercher. Une enveloppe, posée au beau milieu de la table de la cuisine.

— Je comprends mieux maintenant pourquoi Kristy a tellement insisté ce matin pour revenir à la maison au moment où nous étions presque arrivés à l'école. « J'ai oublié quelque chose, papa, c'est très important. » Elle m'a bien eu.

Jill ouvrit l'enveloppe et en sortit une lettre. Brandon la lut avec elle par-dessus son épaule.

« Maman, papa,

» Kristy a caché une autre enveloppe dans le bureau de son père au Steak Palace. C'est donc là que vous trouverez le prochain indice.

Zoé et Kristy. »

166

Brandon tapa violemment sur la table et ne put retenir un juron.

— C'est invraisemblable ! Je suis repassé par ici avant d'aller au bureau. Comment se fait-il que je n'ai pas vu ce petit mot à ce moment-là ?

— Peu importe. Il faut avant tout les trouver le plus vite possible. Je me demande combien d'autres de ces messages sont éparpillés aux quatre coins de la ville.

Ils reprirent la voiture de Brandon et se rendirent à toute allure au *Steak Palace*, un autre endroit où Jill n'avait encore jamais mis les pieds. Elle allait enfin pouvoir se faire une idée de ce lieu devant lequel elle passait tous les jours en essayant de regarder ce qui se tramait à l'intérieur.

Elle fut déçue en constatant que l'espace était encore complètement en travaux, avec plusieurs tas de gravats qui jonchaient le sol et un grand échafaudage au centre. Deux ouvriers étaient en train de poser un parquet sombre sur le sol, tandis que trois autres installaient la structure de ce qui allait être les futurs boxes du restaurant.

Mais, au vu de la qualité des matériaux utilisés et de l'application que mettaient les ouvriers à exécuter leurs différentes tâches, Jill prit conscience du fait que le *Steak Palace* avait été conçu comme un endroit élégant et raffiné. Il appartenait donc bien à la même catégorie que le *Wildflower*.

Cela dit, elle avait beau avoir un premier aperçu de ce qu'allait être son plus redoutable concurrent, c'était pour l'instant le cadet de ses soucis. Elle était de plus en plus pressée de retrouver Zoé. Car, même s'il ne faisait aucun doute que les filles n'étaient pas danger, elle ne serait totalement rassurée qu'en les voyant en chair et en os.

Elle suivit Brandon dans son bureau, tout aussi ordonné et dépouillé que le salon de sa maison : un grand meuble de bois, une chaise en cuir, c'était tout. Et pas la moindre poussière.

Jill balaya la pièce du regard. Pas de lettre. Comme il n'y avait pas d'autres meubles, elle devait être cachée dans un des tiroirs du bureau. Elle n'osa pas les ouvrir, mais Brandon, qui avait apparemment fait le même raisonnement qu'elle, avait déjà ouvert celui du dessus.

Elle était là. Posée sur des crayons et du papier à lettres. Brandon déchira l'enveloppe et souleva la lettre pour que Jill puisse lire en même temps que lui.

« Chers maman et papa,

» Le prochain indice est dans la maison des Lindstrom.

Zoé et Kristy. »

— Zoé ne perd rien pour attendre. Dès que je la retrouve, je l'embrasse… puis je lui tords le cou ! dit Jill d'une voix étranglée par la colère.

— J'en ai assez qu'elles nous fassent tourner en bourrique ! renchérit Brandon. Allons chez toi. Qu'on en finisse.

Ils coururent vers la voiture. Cette fois, Jill était vraiment inquiète.

— Et si elles n'étaient pas à la maison ? demanda-t-elle. Et si elles erraient à travers la ville ? On ne sait jamais. Elles se sont peut-être trompées quelque part dans leur plan ?

Brandon s'arrêta net et lui prit la main.

— Jill, dit-il d'une voix douce. Je sais que je viens d'arriver à Elm Corner. Mais je connais déjà suffisamment la ville pour savoir que, si jamais Zoé et Kristy marchaient seules dans les rues, nous en aurions déjà été avertis. Ici, tout le monde se connaît, tout le monde est solidaire.

Elle hocha doucement la tête. Brandon avait

raison. Il ne fallait pas se laisser gagner par la panique. Comment aurait-elle fait face à la situation sans lui ?

Malgré l'angoisse qu'elle ressentait à l'idée, totalement irrationnelle, de ne plus revoir Zoé, Jill eut le temps de se dire, une nouvelle fois, que Brandon était vraiment parfait.

Elle commençait à penser qu'elle n'aurait pas dû le repousser, l'autre jour sur le parking.

Brandon freina d'un coup sec devant la maison de Jill. Les mâchoires serrées, il bondit hors du véhicule. Les filles avaient intérêt à être là car, cette fois, il en avait plus qu'assez. La plaisanterie avait suffisamment duré !

Il suivit Jill le long du couloir. Tous deux crièrent les prénoms des filles. Pas de réponse.

Ils trouvèrent une autre lettre. Sur le comptoir de la cuisine. Jill s'en empara. Ils la lurent en silence.

« Chers maman et papa,

» Nous sommes dans la maison de grand-père.

Zoé et Kristy. »

L'énervement de Brandon atteignit son comble. En même temps, il était soulagé d'avoir retrouvé les filles. Cela dit, ils devaient encore s'assurer qu'elles s'étaient bien réfugiées chez le père de Jill.

— J'aurais dû m'en douter, grommela celle-ci en froissant rageusement la lettre. Zoé est toujours fourrée chez mon père. Allez, viens, suis-moi. Ça va être leur fête !

Elle ressemblait à une furie. Brandon se dit qu'il n'aimerait pas être à la place de Zoé. En même temps, il comprenait tout à fait sa colère. Lui-même s'apprêtait à se montrer d'une extrême sévérité avec Kristy. Les filles étaient allées trop loin. Ils perdaient tous les deux une journée de travail à cause de leurs bêtises.

Il pressa le pas pour suivre le rythme de Jill. Elle était sortie par la porte de la cuisine et traversait à vive allure le jardin. Elle fonça tout droit vers l'atelier au-dessus duquel habitait son père. Il la rattrapa au moment où elle commençait à gravir les marches de l'escalier extérieur.

— Les filles ! Est-ce que vous êtes là ? cria Jill. Zoé, montre-toi ! Tout de suite !

Brandon suivit Jill à l'intérieur de l'appartement de son père. A sa gauche, il vit un petit coin cuisine qui ne devait pas servir très souvent au vu des matériaux variés et divers posés sur le plan de travail.

Le reste de l'appartement était à l'avenant : des piles d'objets incongrus posées un peu partout, un savant mélange de pièces récupérées et d'inventions inachevées. Dans le coin droit de la pièce principale, il semblait y avoir une sorte d'atelier, jonché de magazines, dans lequel le père de Jill devait sûrement puiser son inspiration, et d'outils en tout genre.

Avec une mine coupable, Zoé et Kristy entrèrent à petits pas, sortant d'un couloir qui devait mener à la chambre.

— Bravo ! Vous nous avez trouvées !

Jill se précipita vers elles, s'accroupit et les serra très fort dans ses bras.

— Espèces de petites folles ! J'étais tellement inquiète !

Brandon souleva ensuite les deux filles en l'air, tout aussi ravi que Jill de les revoir saines et sauves. Pour l'instant, tout sentiment de colère avait disparu. Au milieu des retrouvailles avec sa fille, il aperçut du coin de l'œil un objet posé sur la table basse, qui lui paraissait très familier.

Il posa Kristy par terre et s'approcha de la

chose qui avait attiré son attention. Il n'en crut pas ses yeux. C'était son album de mariage ! Ouvert à une page où il y avait la photo de lui et de Sandy prise juste après la sortie de l'église. Comme il avait l'air heureux ! Juste à côté, il y avait un cliché de Jill, en robe de mariée, qui souriait sans retenue à un homme de belle allure aux cheveux couleur de sable.

Leurs albums de mariage respectifs côte à côte ! Qu'est-ce que cela signifiait ? Il avait l'estomac noué après avoir revu l'image du couple parfait qu'il formait avec Sandy.

Il fallait demander aux filles ce que cela voulait dire, songea-t-il. Mais, avant tout, maintenant que les embrassades étaient terminées, il lui fallait gronder Kristy.

— Ma chérie, cette fois, toi et Zoé avez vraiment exagéré.

— Tu es fâché ?

— Bien sûr que je suis fâché, répondit Brandon. Vous avez continué votre petit jeu alors que nous vous avions très clairement demandé d'arrêter.

— Je sais, dit Kristy, en essayant de lutter contre les larmes qui lui embuaient les yeux. Mais on a tellement envie d'avoir une vraie famille, toutes les deux…

— Ce n'est pas une raison, intervint Jill. Vous n'avez pas le droit de désobéir. Brandon et moi étions très inquiets. Et qui sait ce qui aurait pu vous arriver ? Ce n'est pas bien ce que vous avez fait, pas bien du tout. Vous comprenez, j'espère ?

Les deux filles hochèrent timidement la tête.

Brandon vit que Jill allait continuer à leur faire la leçon. Il lui tapa sur l'épaule et lui montra les albums de mariage.

— Tu as raison de gronder les filles, Jill. Mais je crois que, pour l'instant, nous ne sommes pas encore au bout de nos peines. Jette un coup d'œil par ici.

Jill le regarda avec un air ébahi puis s'approcha lentement de la table basse. Elle ne put retenir un cri lorsqu'elle vit de quoi il s'agissait.

— Zoé ! Que fait cet album ici ?

Les mains derrière le dos, le visage écarlate, Zoé fixait ses pieds tout en restant muette.

— Réponds-moi, Zoé.

— Je me suis dit que, si tu te rappelais à quel point tu étais heureuse le jour de ton mariage avec papa, tu aurais peut-être envie de te remarier. Avec M. Clark.

Cette réponse laissa Jill sans voix. Elle avait

l'air complètement perdue. Brandon était tout aussi stupéfait qu'elle.

Avant que quiconque ait eu le temps de réagir, le père de Jill entra en trombe chez lui, les bras chargés de courses, sa chevelure grise toujours aussi ébouriffée. Il s'arrêta net en voyant tout ce monde dans son salon.

— Que se passe-t-il ? demanda-t-il, regardant tour à tour Brandon et Jill.

Sa fille le mit rapidement au fait de la situation puis elle s'approcha de lui avec un air soupçonneux.

— Je mettrais ma main à couper que tu n'es pas totalement étranger à toute cette affaire !

— Détrompe-toi, Jill ! répondit-il, apparemment très offusqué. Qu'est-ce qui te fait croire que j'ai aidé les filles ?

— Zoé est incapable de sortir seule cet album de l'étagère. Il est trop haut pour elle. Est-ce toi qui l'as pris ?

— Oui. Elle m'a dit qu'elle voulait le regarder parce qu'elle aimait bien voir sa maman et son papa en habits de mariés.

Jill ne répondit rien. Elle semblait complètement désarçonnée par la tournure des événements.

— Monsieur Winters, intervint Brandon.

Auriez-vous l'obligeance de vous occuper des filles pendant que Jill et moi faisons le point sur la situation ?

— Bien sûr, Brandon.

Il posa ses courses et dit aux filles de le suivre.

— Kristy, reprit Brandon, cela ne veut pas dire que j'en ai fini avec toi. Je t'avais prévenue que tu serais punie si tu continuais. Tu m'as désobéi, tu sais donc ce qui t'attend.

— Oui, papa.

— Cela vaut également pour toi, Zoé, intervint Jill. On en reparlera plus tard.

Les filles sortirent de la pièce, suivies du grand-père de Zoé.

Brandon était de nouveau seul avec Jill.

Avec, en prime, leurs albums de mariage.

Jill avait pris le sien et le regardait sans rien dire. Brandon fit de même. C'était un choc de revoir sa femme, si belle et si souriante, car il n'avait pas osé rouvrir son album de mariage depuis la mort de Sandy.

Il avait été tellement heureux avec elle, lorsqu'ils n'étaient que tous les deux, mais aussi avec Kristy, dont la naissance les avait enchantés. Il se souvint de la force de son amour pour Sandy. Jusqu'ici,

176

il avait toujours été convaincu qu'il ne pourrait jamais rencontrer quelqu'un d'aussi bien.

Et puis il avait connu Jill. Si belle, si intelligente. Ils avaient passé suffisamment de temps ensemble cette dernière semaine pour qu'il reprenne goût à la compagnie permanente d'une femme. Elle lui avait redonné envie de prendre une femme dans ses bras, de l'embrasser, de lui faire l'amour.

Cela ne faisait désormais plus aucun doute. Il aimait Jill. A la folie. Il fallait qu'il le lui dise. Tout de suite.

Il frôla son bras. Elle leva les yeux de son album. Ils étaient emplis de larmes.

— C'est à cause de lui que je ne pourrai jamais être avec toi, dit-elle en montrant Doug.

— Parce que tu l'aimes encore ?

— Mais non, répondit-elle en pouffant de rire au milieu de ses sanglots. Mais ces photos sont la preuve de mon bonheur perdu. J'aimais tellement Doug et il m'a humiliée ! Il m'a traitée comme une moins que rien, tout juste bonne à élever des enfants et à nettoyer la maison, puis il est parti avec une autre. Je ne veux plus jamais que cela m'arrive. C'est pour cela qu'il faut que je reste seule.

Brandon était stupéfait, incapable d'articuler le moindre mot. Il voulait lui faire comprendre qu'il serait différent de Doug, qu'elle n'avait rien à craindre. Mais à quoi bon répéter des phrases qu'il avait déjà dites deux jours plus tôt ?

Une douleur aiguë lui traversa le corps. Il avait l'impression qu'il allait suffoquer. Il fallait absolument qu'il sorte, qu'il respire une bouffée d'air frais. Qu'il quitte Jill qui, sûrement sans le savoir, venait de lui briser le cœur.

— Je… il faut… je vais chercher Kristy, bredouilla-t-il.

Il sortit en claquant la porte. Il ne pouvait pourtant rien reprocher à Jill. Elle n'avait pas changé de discours depuis le début. C'était lui qui avait commis la bêtise de tomber amoureux d'une femme qui avait expressément exclu toute possibilité d'amour de sa vie.

9.

Après avoir remercié un de ses clients, Jill décrocha le téléphone.

— Restaurant *Wildflower Grill*.

— Je voudrais parler à Jill Lindstrom.

— Elle-même.

— Bonjour Jill, ici Marge, de la pharmacie. J'ai une mauvaise nouvelle. Ton père a fait un malaise dans la boutique il y a une dizaine de minutes. Il a été conduit aux urgences.

Jill sentit son sang se glacer dans ses veines.

— Qu'est-ce qu'il lui est arrivé ? Il va s'en sortir ?

— Il est vivant, c'est l'essentiel. Mais ils ont dû le réanimer. C'est assez sérieux, une crise cardiaque à mon avis. Si j'étais toi, je filerais tout de suite à l'hôpital.

— Merci de m'avoir prévenue, répondit Jill avant de raccrocher d'un geste brusque.

Ses mains tremblaient, ses genoux s'entre-choquaient. Elle était dans un état proche de l'hystérie. Après s'être ressaisie, elle courut voir Melanie pour lui expliquer la situation, alla donner quelques instructions en cuisine, puis se dirigea vers sa voiture.

Les mains agrippées au volant, elle s'efforça de ne pas faire d'excès de vitesse pendant tout le trajet. Mais elle craignait de ne pas arriver à temps si elle ne se dépêchait pas.

Elle trouva heureusement une place tout près de l'entrée de l'hôpital et, hors d'haleine, demanda où était la chambre de son père. Quatrième étage, département cardiologie.

Elle tourna comme un lion en cage dans l'ascenseur, qui semblait mettre une éternité à arriver à destination. Une fois parvenue au bon étage, elle fonça à travers les couloirs, en faisant attention aux numéros des chambres. Son père était dans la 405.

Elle ouvrit tout doucement la porte. Elle fut choquée par le teint de son père, presque aussi gris que ses cheveux hirsutes. Il semblait dormir paisiblement. Il paraissait tout chétif et vulnérable dans ce grand lit d'hôpital, lui qui, d'ordinaire, était un gaillard encore musclé et tonique malgré son âge.

Jill pleurait à chaudes larmes, à la fois triste de voir son père dans cet état, mais aussi soulagée de constater qu'il n'était pas mort puisqu'elle avait vu le drap sur sa poitrine se soulever. Elle n'arrivait pas à imaginer ce qu'elle ferait sans lui. Elle s'en voulait d'avoir si mal parlé de lui ces derniers temps. C'était un homme tellement généreux et un grand-père si précieux pour Zoé !

En se rapprochant du lit de son père, elle remarqua la présence du docteur Phelps. Elle ne le connaissait pas personnellement, mais, dans une petite ville comme Elm Corner, tout le monde savait à peu près tout sur tout le monde. Le docteur Phelps était un cardiologue qui jouissait d'une excellente réputation.

— Docteur Phelps. Je suis Jill Lindstrom, la fille de monsieur Winters. Comment va-t-il ?

— Son état s'est stabilisé. Mais son malaise à la pharmacie aurait pu lui être fatal. Il a eu de la chance que quelqu'un ait tout de suite appelé les secours. C'est probablement ce qui lui a sauvé la vie.

Jill avait l'estomac retourné à l'idée que son père était passé à deux doigts de la mort. Elle se rapprocha encore un peu plus de lui et lui caressa le front.

— Est-ce qu'il va s'en sortir ? demanda-t-elle, en essuyant les larmes qui coulaient sur ses joues.

— Cela dépendra beaucoup de lui. Il faudra qu'il consacre désormais une heure par jour à des exercices physiques. Quant à son alimentation, elle devra être exempte de toute graisse superflue. S'il respecte quelques règles de base et s'il n'oublie pas de prendre ses médicaments, il pourra encore vivre très longtemps.

— Le pauvre, dit Jill en souriant nerveusement. Lui qui aime tant les sucreries… il va devoir les remplacer par des fruits.

— Maintenant que vous le dites, je me souviens qu'il raffolait de glace à la vanille. Accompagnée d'un nappage au chocolat et de beaucoup de crème fraîche, répondit le docteur Phelps avec un air songeur.

— Vous connaissez mon père ?

— Bien sûr. Nous étions dans la même faculté de médecine.

Quelle faculté de médecine ? Son père ne lui en avait jamais parlé !

— Comment… comment cela ? demanda Jill.

— Nous ne nous sommes pas quittés pendant les quatre années du cursus. Nous avons partagé la même chambre plusieurs semestres de suite. J'étais avec lui le soir où il a rencontré votre mère. Mais, à votre regard étonné, j'ai l'impression que je vous apprends certaines choses. Votre père ne vous a jamais parlé de sa jeunesse ?

Jill dut s'asseoir avant de pouvoir répondre. C'était le deuxième choc de la journée. Son père ? Un médecin ?

— C'est vrai, je… je ne savais pas que mon père avait fait des études de médecine.

Son père avait toujours été à ses yeux cet inventeur farfelu qui n'arrivait jamais à rien et dont elle avait honte.

— C'était le plus brillant d'entre nous tous, poursuivit le docteur Phelps. Toujours le meilleur diagnostic, toujours les meilleures notes.

Jill voulait poser d'autres questions, en savoir plus sur cet homme endormi qui, en l'espace de quelques minutes, était devenu pour elle une

183

énigme. Mais le médecin avait d'autres obligations. Il devait terminer sa tournée.

— Excusez-moi, je suis attendu aux urgences. Je repasserai voir votre père ce soir. En attendant, je crois qu'il va dormir pendant un bon moment.

Jill acquiesça silencieusement, sans parvenir à détacher les yeux de son père. Le docteur Phelps prit congé et sortit. Elle se retrouva seule avec celui qu'elle avait toujours considéré comme un raté et qui pourtant, à un moment, avait été promis à un brillant avenir. Que s'était-il passé ? Pourquoi n'avait-il pas poursuivi dans la voie de la médecine ?

Il ne servait à rien de se poser ces questions tant qu'il n'était pas réveillé, songea la jeune femme. Car il n'y avait que lui pour y répondre. Jill inspira profondément puis regarda son père avec tendresse. Quel bonheur qu'il soit encore en vie ! Il avait eu de la chance, avait dit le docteur Phelps. Il ne fallait d'ailleurs pas oublier de remercier tous ceux qui avaient joué un rôle dans sa prise en charge rapide.

Elle se leva et se pencha vers son père.

— Je t'aime, papa, chuchota-t-elle à son oreille.

Je m'excuse pour toutes les méchancetés que j'ai dites sur toi.

Elle ne voulait pas le quitter, craignant de rater son réveil. Elle avait tant de choses à lui demander... et tant d'autres à se faire pardonner.

Elle se sentait néanmoins mal à l'aise dans cette grande chambre d'hôpital, très propre, mais triste et grise. Si seulement Brandon pouvait être là !

Brandon !

Elle avait déjà sorti son portable de son sac pour l'appeler. Elle se ravisa au dernier moment. Elle n'avait aucun droit de le déranger après ce qu'elle lui avait dit trois jours plus tôt.

Elle avait bien vu qu'il avait été à deux doigts de lui déclarer sa flamme. Elle s'était pourtant empressée de lui répéter, une nouvelle fois, qu'il n'y avait aucune place pour un homme dans sa vie.

Elle l'avait rejeté. Et, à présent, elle était seule.

Elle s'effondra par terre, posa la tête près des pieds de son père et pleura.

Le lendemain, Jill eut un choc en entrant dans la chambre de son père en début de matinée. La grisaille de la pièce avait été comme effacée par d'innombrables bouquets de fleurs, des ballons de toutes les couleurs, et des cartes souhaitant à son père une guérison rapide.

Ce dernier semblait presque complètement remis.

— Jill, ma chérie, comme je suis content de te voir !

Elle n'arrivait pas à prononcer le moindre mot, tant elle était sous le coup de la métamorphose de son père. Il était encore un peu pâle, mais, à part cela, il semblait avoir recouvré toutes ses forces.

Quel soulagement ! Et quel contraste avec la veille ! Après avoir pleuré comme une madeleine au pied de son lit, Jill s'était installée à côté de son père, attendant son réveil. Il avait ouvert un œil en fin d'après-midi, mais il avait paru encore très faible. Ce n'était que sur l'insistance de l'infirmière de service que Jill avait accepté de partir. Elle avait ensuite passé une nuit atroce, faite de cauchemars et de réveils brutaux.

En voyant son père de nouveau en pleine forme, toute la fatigue accumulée la veille disparut d'un coup.

— Papa ! s'exclama-t-elle en se jetant à son cou. Comment te sens-tu ?

— Merveilleusement bien. La seule chose qui me contrarie, c'est qu'on me force à rester dans ce lit.

— Espèce de vieux grognon, répondit Jill en souriant. Les médecins veulent juste s'assurer que tu es complètement guéri avant de te laisser rentrer chez toi.

— Dans ce cas, j'exige d'être mieux nourri, grommela-t-il. Ce qu'on me sert ici est infect.

— Ce n'est pas infect, c'est sain. Il va falloir que tu changes tes habitudes alimentaires. Ce sont les ordres du docteur Phelps. Moins de graisse et plus d'activité physique.

— Je sais, je sais. On m'a déjà fait la leçon. Pas trop de calories, faire attention à son taux de cholestérol. J'en ai l'appétit coupé rien que d'y penser.

— C'est délicieux les légumes à la vapeur, tu verras, insista Jill, sans parvenir à réprimer un éclat de rire. Et tu remplaceras tes dix paquets de biscuits par jour par des pommes et des oranges.

Jill était ravie de taquiner son père, qui, de

son côté, fit mine de bouder comme un petit enfant.

— Papa, je... j'ai quelque chose à te demander, dit-elle, soudain redevenue sérieuse. Hier, pendant que tu dormais, j'ai eu une conversation avec le docteur Phelps, qui m'a appris que vous aviez été à l'école de médecine ensemble. Pourquoi est-ce que tu ne me l'as jamais dit ?

Son père ne répondit pas tout de suite. Son visage avait subitement pris une expression mélancolique. Regardant droit devant lui, il resta silencieux pendant un long moment.

— Cela ne m'a jamais paru nécessaire, dit-il enfin. C'était il y a si longtemps.

— Pourquoi n'es-tu pas devenu médecin ?

— Parce que... avec ta mère, et toi bien sûr, nous avions tout planifié. A l'époque, nous habitions à Seattle, mais il fallait qu'on déménage à Los Angeles pour que je puisse terminer mon postdoctorat. Et puis...

Son père s'interrompit pour se frotter les yeux.

— Nous étions sur le point de partir et puis... ta mère a été tuée dans ce terrible accident. Je me suis retrouvé seul avec toi. J'ai tout de suite su qu'il était impossible d'à la fois poursuivre mes études et t'élever. Alors je suis revenu ici, dans ma ville natale, et, plutôt que de devenir médecin, j'ai réalisé mon rêve de petit garçon.

— Inventeur.

— Ça a toujours été ma passion. Réfléchir aux mille manières d'améliorer le fonctionnement de la vie quotidienne. Et cette occupation avait l'immense avantage de me laisser suffisamment de temps pour m'occuper de toi. Je n'ai jamais regretté mon choix et, même si je sais que tu n'as pas beaucoup d'estime pour ce que je fais, j'ai toujours réussi à en vivre. Je n'ai jamais été obligé de prendre un autre travail pour joindre les deux bouts.

— Tu as renoncé à ta carrière de médecin pour moi ? murmura Jill, émue jusqu'aux larmes.

Il tendit la main vers elle. Jill la serra très fort.

— Comme je viens de te le dire, cela n'a pas été un sacrifice. Mais un bonheur au contraire. Je faisais ce que j'avais toujours eu envie de faire et je voyais tout le temps ma fille chérie.

Jill fut soudainement étouffée par le remords. Comment avait-elle pu avoir tellement honte de lui alors qu'il avait organisé sa vie autour d'elle ? Ecrasée par un sentiment de culpabilité, elle ressentit tout à coup le besoin de tout avouer à son père. Sans oser le regarder, elle commença sa confession.

— Papa, est-ce que tu savais que j'ai toujours détesté que tu sois inventeur plutôt qu'un banquier ou un avocat comme tout le monde ?

— Bien sûr que je le savais, répondit-il d'une voix tendre. Je voyais bien que les autres enfants se moquaient un peu de toi. Et j'imagine que mon surnom ne devait pas arranger les choses.

— Non, c'était encore pire.

— Je suis désolé pour ce que tu as dû endurer étant enfant, ma petite Jill. J'ai peut-être sous-estimé à quel point tu as souffert de ma réputation. Mais je t'assure que ce que l'on dit sur moi me laisse complètement indifférent. Je sais qui je suis et ce dont je suis capable. Je sais également que, à ma façon, je suis un peu fêlé. Donc le surnom d'inventeur fou n'est pas si éloigné que cela de la réalité.

En écoutant son père, Jill promena son regard sur les nombreuses marques d'attention — fleurs, ballons, cartes — qu'il avait reçues. Son père avait à l'évidence beaucoup d'amis à Elm Corner.

Jill comprit avec horreur qu'elle était peut-être la seule personne en ville à ne pas avoir de respect pour cet homme. En levant les yeux vers son père, qui la regardait avec son air bon et désintéressé, son sentiment de culpabilité décupla.

Comment avait-elle pu être égoïste à ce point ? Il avait fait tant de choses pour elle, il lui avait tout donné. Et tout ce qu'elle avait trouvé à lui dire pendant ces années, c'était qu'elle avait honte de son métier d'inventeur.

Son désir de reconnaissance de la part des notables de la ville lui parut soudainement ridicule. Son père venait de lui administrer une éclatante leçon de vie : pour réussir, il fallait avant tout être en accord avec ses propres choix, trouver sa propre voie, bref avoir de l'estime pour soi.

Jill fut tout à coup envahie par un sentiment d'amour sans bornes pour son père. Non pas qu'il ait jamais réellement disparu, mais, au fil du temps, il avait été gâché par tous les reproches qu'elle s'était sentie en droit de lui faire.

Elle prit sa main dans la sienne.

— Je m'en veux de n'avoir eu que du mépris pour ton activité, papa. J'ai été égoïste et blessante. Pourras-tu me pardonner un jour ?

— Tu es déjà pardonnée, ma chérie. De toute façon, je ne t'en ai jamais voulu. J'ai très rapidement accepté le fait que tu avais du mal à assumer mon activité auprès du monde extérieur. Je ne pouvais pas y faire grand-chose et, surtout, je savais que, malgré tout, tu n'avais jamais cessé de m'aimer.

— Papa… tu m'as ouvert les yeux aujourd'hui. Je me sens tout à coup plus légère. Tu m'as guérie alors que c'est toi qui es censé être malade.

Son père lui prit doucement la tête entre les deux mains.

— Je n'ai jamais voulu que ton bonheur, ma chérie. Et, puisque mes paroles ont l'air d'avoir un effet salutaire sur toi ce matin, me permets-tu d'aborder un autre sujet ?

— Bien sûr.

— Brandon Clark est un homme bon. Ne le laisse pas s'échapper.

— Pardon ?

— Tu m'as très bien entendu, dit-il en pointant vers sa fille un doigt accusateur. Je sais que ce vaurien de Doug t'a meurtrie et que, depuis, tu fuis toute relation avec les hommes. De peur d'être de nouveau blessée. Brandon n'a rien à voir avec Doug. Je sais que tu l'aimes bien. Je suis sûr que tu ne risques rien avec lui.

— Et lui ? Tu as l'air d'être persuadé que je

représente quelque chose pour lui. Qu'est-ce qui te fait dire cela ?

— La façon qu'il a de te regarder. Je l'ai vu de mes propres yeux lorsque vous vous êtes retrouvés chez moi à cause des filles. Je regardais ta mère de la même manière et je l'aimais de toutes les fibres de mon corps et de mon cœur.

Jill dut s'asseoir pour réfléchir aux paroles de son père. Brandon serait amoureux d'elle ? Cela la remplissait de joie de penser à cela. Mais elle n'en demeurait pas moins sceptique. Son père était un idéaliste, un doux rêveur. Elle ne pouvait pas se fier à son seul jugement.

Le baiser qu'ils avaient échangé quelques jours plus tôt avait démontré qu'il y avait une réelle attirance physique entre eux. Certes. Mais de l'amour ?

C'était impossible.

Brandon frappa doucement à la porte de la chambre 405, espérant secrètement y trouver Jill. Kristy ne lui avait raconté que ce matin l'accident de monsieur Winters et il s'en voulait de n'avoir pas été là plus tôt pour la soutenir.

— Entrez.

C'était la voix de Jill.

Brandon poussa la porte et jeta un cri d'effroi lorsqu'il vit le lit vide et, à côté, assise sur une chaise, Jill, fixant le sol devant elle, les yeux cernés et les cheveux décoiffés.

— Est-ce qu'il… ? demanda Brandon en se précipitant vers elle pour la prendre dans ses bras.

Elle le regarda avec un air perplexe puis sourit.

— Non, non, ne t'inquiète pas. C'est le fait qu'il n'y ait personne dans le lit qui t'a effrayé ?

— Oui, j'ai cru que… enfin… où est-il ?

— Ils l'ont emmené faire des examens. Mais il va très bien.

— Et toi, ça va ?

Jill avait vraiment l'air épuisée. Brandon avait envie de l'emmener avec lui, de la coucher pour qu'elle se repose et de s'allonger à côté d'elle.

— Maintenant que je sais qu'il est hors de danger, je vais bien, répondit Jill, en gardant sa tête appuyée contre la poitrine de Brandon.

— Il n'aura pas de séquelles ?

— Normalement non. Il pourra encore vivre de longues années… sous réserve qu'il mange plus sainement et qu'il fasse un peu de sport. Inutile de te dire que cette perspective ne l'enchante guère. Mais il a recouvré toute sa bonne humeur.

— Tu aurais dû m'appeler quand ça s'est passé, poursuivit Brandon en lui caressant doucement la joue. Je serais venu tout de suite.

Jill ferma les yeux et poussa un grand soupir. Elle se dégagea de ses bras et s'assit sur le bord du lit.

— Je ne voulais pas te déranger.

— Mais tu ne me déranges jamais ! s'exclama Brandon. J'aurais au moins pu te donner un coup de main avec Zoé.

Elle se leva, fit quelques pas dans la pièce puis s'arrêta devant la fenêtre, lui tournant le dos.

— Mel, qui travaille au restaurant, s'est occupée de Zoé. De toute façon, je... j'aurais été gênée de solliciter ton aide.

Brandon fut blessé par cette dernière remarque. Pourquoi s'obstinait-elle à mettre tant d'espace entre elle et lui ? En même temps, cela valait peut-être mieux qu'elle soit distante. Cela lui permettrait d'enfouir plus rapidement les sentiments d'amour qu'il éprouvait à son égard. Mais il n'avait pas encore perdu tout espoir de la faire changer d'avis.

— Je n'ai jamais vu une femme aussi têtue

que toi. Tu restes enfermée dans ta tour d'ivoire, convaincue que tu n'as besoin de personne.

Brandon regretta aussitôt ces paroles un peu dures. Ce n'était certainement pas en lui faisant des reproches qu'il pouvait espérer conquérir son cœur. En outre, elle venait de traverser une sacrée épreuve avec le malaise de son père. Ce n'était peut-être pas le moment de lui faire une scène.

Mais il était trop tard. Jill s'était retournée vers lui et le fixait d'un regard furieux.

— Qu'est-ce que tu veux dire ? demanda-t-elle d'un ton sec.

— Tu le sais très bien, mais je ne veux pas qu'on se dispute, répondit-il d'une voix douce. Ecoute, Jill, j'ai bien compris que tu n'avais pas envie d'avoir une relation amoureuse avec moi. Mais nous pouvons quand même rester amis, non ?

— Impossible ! Je ne peux être amie avec un homme que j'ai embrassé. Et puis, cela ne me suffirait pas.

— Qu'est-ce que ça signifie ? Tu insinues que tu as quand même envie de tenter une expérience amoureuse avec moi ?

— Non, enfin si, mais non. Disons qu'il y a

d'un côté mes rêveries et de l'autre la réalité. Et que je suis solidement ancrée dans le réel.

Brandon crut qu'il allait devenir fou. Pourquoi les choses étaient-elles aussi compliquées ?

— Mais pourquoi opposer les deux ? demanda-t-il.

— Parce qu'on ne vit pas dans un monde idéal. J'aimerais bien me lancer dans une folle aventure avec toi, Brandon, mais je n'y arrive pas. Il y a comme un poids énorme qui m'empêche d'avancer.

Cette fois, Jill l'avait frappé en plein cœur. Le fol espoir suscité par ses réponses alambiquées concernant le rêve et la réalité avait été tué net.

— Tu te méfies toujours de moi, c'est ça ? Tu as peur. Mais, tu sais quoi, c'est surtout de toi-même que tu as peur. Car il faut vraiment ne pas se faire confiance pour, à ce point, ignorer l'appel du cœur.

— Je n'ai pas peur, je…

— Si, poursuivit Brandon en lui coupant la parole. Tu as peur de provoquer chez moi le même changement que celui qui s'est opéré chez Doug. Mais je te le répète toujours et encore : je ne suis pas ton ex-mari, mets-toi ça dans la tête une bonne fois pour toutes. Et puis comment pourrais-je te faire souffrir alors que tu es tellement formidable ? Je t'en prie, Jill, je…

Il allait lui dire qu'il l'aimait, mais il s'empêcha de prononcer le mot fatidique, de peur qu'elle ne se braque définitivement.

— Ce ne sont que des mots, Brandon. Je ne vais pas risquer de me mettre en danger sur la foi de simples paroles, aussi belles soient-elles.

C'était l'estocade. Brandon n'en crut pas ses oreilles. Il avait envie de prendre un burin et de détruire les murs qu'elle avait édifiés autour d'elle. Il avait envie d'ouvrir son cerveau et d'effacer le prénom Doug de tous ses circuits. Il avait envie de s'agenouiller devant elle et de rester dans cette position jusqu'à ce qu'elle veuille enfin de lui.

— Sais-tu à quoi tu renonces, Jill ? A la plus belle histoire d'amour que le monde ait jamais connue. Je sais que nous sommes faits l'un pour l'autre, je le sens. Et toi, tu dis non ?

Jill éclata en sanglots.

— Je sais, Brandon, cria-t-elle alors que les larmes coulaient sur son visage. Mais la peur que j'éprouve est plus forte que tout. Elle étouffe

198

les autres sentiments. Je n'y peux rien, c'est comme ça !

Brandon la prit dans ses bras, la serra de longues minutes puis, sans prononcer le moindre mot, quitta la pièce.

Sa douleur était indicible. Il ne fallait plus qu'il voie Jill. Il en allait de sa santé mentale.

10.

Levant les yeux des plans de son restaurant, sur lesquels il avait planché depuis le début de la matinée, Brandon aperçut Gene Hobart, le propriétaire, qui venait d'entrer sans bruit dans son bureau.

Gene avait fait des frais depuis la dernière fois qu'il l'avait vu : costume en velours vert foncé, chapeau de feutre et même une canne avec un pommeau en ivoire. Pour couronner le tout, il s'était fait pousser un bouc.

Brandon fut irrité du sourire suffisant qu'arborait Gene. Pour qui se prenait-il ? Pour le maître du monde parce qu'il avait réussi à louer deux locaux ?

— Gene, dit Brandon en se levant de sa chaise. Quel plaisir de vous revoir. Que puis-je faire pour vous ?

— Toutes mes félicitations, Brandon. Votre

restaurant commence vraiment à prendre forme.

— Merci. Je pense être en mesure d'ouvrir d'ici deux ou trois semaines.

— Soyez assuré que je serai votre premier client. En attendant, je suis venu vous voir parce que j'ai une proposition à vous faire.

— Je vous écoute.

— Le bail de Jill Lindstrom arrive bientôt à expiration. Dans un premier temps j'avais, comme d'habitude, prévu de renégocier avec elle, mais je me suis dit ensuite que vous étiez peut-être intéressé par l'espace qu'elle loue.

Brandon eut un haut-le-cœur. Gene l'invitait à mettre Jill à la porte du *Wildflower*. Quel procédé écœurant ! Il n'avait pas revu la jeune femme depuis leur discussion déchirante dans la chambre de son père, mais il n'avait cessé de penser à elle. Beaucoup trop même, puisqu'il l'aimait et qu'elle ne l'aimait pas en retour. Mais ce n'était pas une raison pour comploter dans son dos.

— Je ne saisis pas très bien, dit-il, feignant de ne pas comprendre. Vous ne voulez pas renouveler son bail ?

— Ce n'est pas que je ne veux pas, mais si vous… comment dire…

202

— Vous vous êtes dit que j'allais peut-être surenchérir par rapport au loyer qu'elle paye actuellement. Vous avez flairé la bonne affaire, c'est ça ?

Gene Hobart haussa les épaules et prit un air offusqué.

— Ce n'est pas la peine de vous énerver, Brandon. Je suis un homme d'affaires, il faut comprendre ma position. Je sais que vous avez davantage de moyens que Jill. Donc je me suis effectivement dit que je pouvais vous louer l'espace occupé par le *Wildflower* pour un meilleur prix. Je suis ma logique, c'est tout.

Brandon fulminait. Il avait envie de prendre Gene par le col de sa si belle veste et de le jeter dehors. Mais il ne pouvait se permettre un tel coup d'éclat. Car, s'il violentait physiquement son propriétaire, il pouvait dire adieu à ses rêves de restaurant. Il fallait raison garder.

Il s'efforça de faire abstraction de Jill et réfléchit aux implications concrètes de l'offre de Gene. Elles étaient facilement identifiables et d'une logique imparable : élimination d'un concurrent, un restaurant plus grand, le succès garanti.

Il retrouvait l'objectif qu'il s'était fixé… avant de tomber amoureux. S'il reprenait le bail du

Wildflower, l'avenir de Kristy était assuré, il n'aurait plus de soucis à se faire.

Mais il y avait un hic. Jill. Il était prêt à tout pour elle. Bien qu'elle l'ait repoussé à plusieurs reprises, l'amour qu'il lui portait était resté intact. Brandon savait qu'elle était la seule femme capable de lui faire oublier Sandy. Avec Jill, tous ses blocages par rapport à l'amour s'étaient dissipés.

Et elle ? Elle n'était manifestement pas sur la même longueur d'ondes. Il la revoyait en larmes devant son album de mariage, affirmant qu'elle ne voulait plus jamais retomber amoureuse. Puis il y avait eu ses propos confus sur le rêve et la réalité qui, au bout du compte, s'étaient traduits par une nouvelle fin de non-recevoir.

Car il ne fallait pas oublier cette donnée essentielle. Elle ne voulait pas de lui. Il était revenu à la charge à plusieurs reprises et elle l'avait systématiquement rejeté, lui infligeant chaque fois une blessure plus profonde. Est-ce que ça valait la peine de s'accrocher ?

Gene lui offrait sur un plateau l'occasion de lui faire mal à son tour. Allait-il la saisir ? Il leva les yeux vers son propriétaire, qui, sûr d'être dans son bon droit « d'homme d'affaires », attendait patiemment sa réponse.

— Monsieur Hobart, je vais vous dire ce que j'ai décidé.

Jill s'installa en face de Gene Hobart, prête à signer le document tant convoité.

— Comment va votre père ?

— Il est sorti de l'hôpital ce matin, répondit-elle, agréablement surprise par la sollicitude de Gene. Dès son arrivée à la maison, il s'est plaint de la disparition de ses biscuits favoris, remplacés par des fruits secs, mais, à part cela, il se porte comme un charme.

— Voilà une bonne nouvelle, commenta Gene d'un ton qui manquait cependant de sincérité.

Jill passa en revue les différentes clauses du renouvellement du bail de location. N'ayant pas trouvé de modifications majeures, elle apposa sa signature au bas du document.

Elle poussa un soupir de soulagement. Le *Wildflower* venait de prolonger sa vie de vingt-quatre mois. En tout cas sur le papier. Car elle savait que l'ouverture du *Steak Palace* était imminente.

La concurrence s'annonçait rude. Jill se demanda

si elle aurait la force nécessaire pour y faire face. D'autant que ses démons ne lui laissaient pas une seconde de répit. Cela faisait deux jours qu'elle se disait qu'elle avait commis la plus grosse erreur de sa vie en repoussant Brandon.

Les soins à donner à son père lui avaient fort heureusement fourni une bonne excuse pour ne pas essayer de réparer les dégâts. Mais, maintenant qu'il était presque totalement remis, elle se retrouvait de nouveau confrontée à ses contradictions. Oui, Brandon était l'homme le plus formidable qu'il lui ait jamais été donné de rencontrer et, non, elle n'avait pas le courage de répondre à ses avances. Le problème était insoluble.

— Voilà, dit-elle en remettant le bail signé à Gene. C'est reparti pour deux ans.

— Ce n'était pas gagné, répondit Gene. Vous avez de la chance que Brandon Clark ne soit pas un requin, sinon vous auriez pu dire adieu au *Wildflower*. Tant mieux pour vous, tant pis pour moi.

— Comment ? s'écria Jill. Qu'est-ce que vous voulez dire ? Et que vient faire Brandon dans cette histoire ?

— Eh bien, pas plus tard que ce matin, il a refusé de reprendre votre bail.

— Quoi ?

— Je lui ai proposé de louer votre espace, mais il n'en a pas voulu. Il m'a dit qu'il vous estimait trop pour vous jouer un tour aussi mesquin — ce sont ses termes. Vous avez là un ami très attentionné…

Jill était estomaquée. Brandon avait rejeté une offre qui lui aurait permis de mettre la main sur le *Wildflower* ? Une opération qui n'aurait eu pour lui que des avantages !

— Vous avez l'air étonnée, poursuivit Gene, un sourire moqueur sur les lèvres. Pourtant, vous devez être proches pour qu'il vous fasse une telle fleur. Dois-je conclure de cet épisode que Brandon et vous êtes davantage que de simples concurrents ?

Cette question perfide mit tout de suite Jill en alerte. Car non seulement Gene était un homme sans scrupule, imbu de lui-même, mais en plus c'était un colporteur de ragots. Elle était sûre qu'il avait harcelé Brandon de questions sur les raisons de son refus.

Il ne fallait à aucun prix entrer dans son jeu. Elle s'efforça de ne plus penser au geste si chevaleresque de Brandon et regarda son propriétaire droit dans les yeux.

— Si je résume la situation, vous avez encouragé Brandon à reprendre mon bail. Sans m'en avertir.

— Ce n'est pas la peine de monter sur vos grands chevaux, Jill, rétorqua Gene, imperturbable. Je suis un homme d'affaires, je veille à mes intérêts. Brandon a un portefeuille plus épais que le vôtre. S'il avait accepté, j'aurais augmenté mes revenus mensuels. J'appliquais simplement la loi de l'offre et de la demande.

— Si c'est là votre point de vue, nous n'avons pas grand-chose à nous dire, dit Jill en se levant. Je suis obligée de vous remercier pour le renouvellement du bail, mais je ne pense pas que je continuerai à vous offrir un digestif. Bonne journée, Gene.

Tremblant de tous ses membres, Jill sortit du bureau de Gene en claquant la porte. Elle fit quelques pas sur le trottoir puis s'assit sur le banc de bois qui longeait le mur séparant les bureaux de son propriétaire et la boulangerie.

Normalement, elle aurait dû être dans un état de nerfs frisant l'hystérie après le sale coup qu'avait failli lui jouer ce cher Gene.

Mais il n'en était rien. Elle était aux anges. Extatique. Il n'y avait pas d'autre mot pour décrire son humeur. Car l'homme vers lequel elle se sentait irrésistiblement attirée, mais dont elle n'avait jamais cessé de se méfier, lui avait donné une preuve d'amour irréfutable.

Brandon avait eu l'occasion de frapper un grand coup. De mettre un terme à la concurrence avant même qu'elle ait commencé. Malgré Kristy, malgré son ambition, il ne l'avait pas saisie. Pourquoi ? Ou, plutôt, pour qui ? Pour elle.

Pour elle !

Jill se sentit devenir euphorique. Elle était libérée de ses craintes, libérée du fantôme de Doug. Les barricades qu'elle avait élevées autour d'elle tombaient les unes après les autres. Le chemin qui menait à Brandon était enfin dégagé. Et rien ni personne ne pourrait l'empêcher de l'emprunter.

Elle l'aimait. D'un amour inconditionnel.

L'idée d'être séparée de lui une seconde de plus lui était subitement insupportable. Il s'agissait maintenant d'aller vers lui, en espérant que cela ne soit pas trop tard : que ses refus successifs n'aient pas creusé des blessures ineffaçables.

Brandon claqua violemment sa portière. Il venait de garer sa voiture devant la maison de

Jill. Il était d'une humeur massacrante. La bruine qui tombait n'arrangeait certainement pas les choses.

Il serrait dans sa main droite la raison de son énervement. Encore une lettre. Cette fois, il en voulait vraiment à Zoé et Kristy. Car, maintenant que Jill l'avait définitivement rejeté, le petit jeu des deux filles frisait, à ses yeux, le mauvais goût. Même si, évidemment, elles ne savaient pas qu'il avait le cœur brisé.

« Rendez-vous au domicile des Lindstrom pour inventer une nouvelle famille. »

Les deux comploteuses n'avaient pas signé leur forfait cette fois. Mais, sinon, le message ressemblait en tout point aux précédents.

Il ne savait plus quoi faire pour empêcher les manigances des enfants. Il commençait à être à court de punitions pour sa fille. Et, surtout, il sentait qu'il n'avait pas l'énergie de les mettre en œuvre.

Car il avait le moral à zéro depuis sa dernière entrevue avec Jill, à l'hôpital. Il n'avait plus envie de rien, se disant à chaque instant que la vie sans elle n'avait guère d'intérêt. Et voilà qu'il était contraint par deux chipies à revoir celle qui était la cause de toutes ses souffrances.

Arrivé devant la porte, il hésita quelques secondes avant de frapper, se demandant quelle était la meilleure attitude à adopter. Comment allait-il réagir en la revoyant ?

Avant même qu'il ait trouvé une réponse à cette question, la porte s'ouvrit devant lui, comme s'il était attendu. C'était Jill. Elle était sublime. Ses cheveux étaient détachés, elle portait un haut bleu qui laissait ses épaules nues… C'était physiquement insupportable d'être devant une femme aussi belle et de ne pas avoir le droit de la toucher. Et dire qu'il allait devoir subir cette épreuve chaque fois qu'il irait chercher Kristy !

Jill lui sourit, plutôt timidement, mais tout en ayant l'air contente de le voir.

— Bonjour, Brandon.

Entendre sa voix était une torture tout aussi grande. Il fallait qu'il reparte le plus vite possible avec Kristy, sinon il allait craquer.

— Bonjour, Jill, répondit-il en lui tendant le message froissé. Elles ont recommencé. J'ai trouvé ce mot dans la cuisine quand je suis rentré.

A son grand étonnement, elle ne parut ni étonnée ni surprise… et elle sourit de plus belle.

— Entre. Nous serons mieux à l'intérieur pour en discuter.

Il la suivit, tout en se souciant de ne pas trop s'approcher d'elle, de peur d'un geste incontrôlé.

— Je t'assure que j'ai été implacable avec Kristy. J'imagine que tu l'as été tout autant avec Zoé. Cette fois, je ne comprends vraiment plus où elles veulent en venir. Tu veux bien l'appeler ? Je la récupère et je m'en vais.

— Les deux filles jouent dans la chambre de Zoé, dit Jill d'un air gêné. Mais elles ne savent pas que tu es là parce que… parce que cette fois elles n'y sont pour rien.

— Ah bon ? Mais qui alors ?

Jill lui prit la main et le regarda avec un air tendre. Etait-ce un nouveau jeu cruel qu'elle avait inventé ? Voulait-elle définitivement l'achever ?

— C'est moi.

— Toi ? Mais pourquoi ?

— C'est indiqué sur le message. Pour inventer une famille. Avec toi.

— Si c'est une blague, elle ne me fait vraiment pas rire ! Si tu continues, je m'en vais tout de suite !

Mais Jill restait sourde à ses protestations. Elle se rapprocha encore plus de lui, sans le quitter des yeux.

— Je t'aime, Brandon. Je veux passer le reste de ma vie avec toi. Je m'en veux d'avoir été si longtemps paralysée par la peur. Me pardonneras-tu un jour ?

Son cœur s'était soudainement mis à battre à toute vitesse. Il suffisait de la regarder pour savoir qu'elle était sincère. Elle l'aimait.

Elle l'aimait !

— Tu ne dis rien ? demanda-t-elle.

Il l'enlaça pendant de longues minutes, trop ému pour pouvoir dire quoi que ce soit.

— Je n'arrive pas à parler, chuchota-t-il dans son oreille.

— Tu ne m'en veux pas ? J'avais tellement peur que tu ne veuilles plus de moi !

— Tu es folle ! Je désire être avec toi comme jamais. Tu viens de faire de moi le plus heureux des hommes !

Ils s'embrassèrent comme si leur vie en dépendait. Ils voulaient rattraper le temps perdu, effacer les paroles malheureuses.

— Qu'est-ce qui t'a fait changer d'avis ? finit par demander Brandon.

— Toi.

— Comment ça, moi ?

— Tu as refusé de reprendre mon bail.

— Comment le sais-tu ?

— C'est Gene qui me l'a dit.

— Quel odieux personnage ! Quelle crapule !

— En réalité, je lui dois une fière chandelle. C'est parce qu'il ne sait pas tenir sa langue que j'ai compris que tu étais prêt à faire des sacrifices pour moi. Sans cela, je ne serais peut-être jamais revenue vers toi.

— Je veux que tu sois heureuse, Jill, c'est tout. Je t'aime. A la folie.

— Cela tombe bien, monsieur Clark, moi aussi.

— Tu proposais d'inventer une famille, c'est ça ? J'ai bien réfléchi, je suis d'accord.

— Brandon, je suis tellement contente !

— Et, puisque nous venons de décider de faire fusionner nos cœurs et nos corps, pourquoi ne pas faire fusionner nos restaurants ? Un seul endroit, notre endroit, que l'on gérera ensemble.

— Quelle idée formidable, je...

Ils furent interrompus par des éclats de rire venus d'en haut.

— On vous a vus vous embrasser, dit Zoé. Est-ce que ça veut dire que vous êtes amoureux ?

— Eh oui. Vous avez gagné, répondit Brandon.

Les filles dévalèrent l'escalier en hurlant leur joie et se jetèrent dans leurs bras.

Brandon irradiait de bonheur. Kristy avait trouvé une nouvelle mère, et une sœur. Et lui, la femme de sa vie.

C'était le plus heureux des hommes.

LA FAMILLE IDÉALE, de Patricia Thayer • n°2115

Quand elle fait la connaissance, sur le tournage d'un film, de Reece McKellen, Emily Hunter est bouleversée : en effet, elle est séduite dès le premier regard par ce cascadeur aussi troublant qu'énigmatique. Et elle sent son cœur fondre de tendresse pour la petite Sophie, la nièce de quatre ans de Reece, que celui-ci a recueillie depuis peu. Pourtant, Reece semble se méfier d'elle, et surtout de ses propres sentiments...

LE BÉBÉ DU HASARD, de Donna Clayton • n°2116

 Directrice d'une agence de baby-sitting, Sophie Stanton décide de prendre les choses en main quand un certain Michael Taylor remercie successivement trois des personnes qu'elle avait recrutées pour lui, et menace de ternir la réputation de son établissement. Résolue à satisfaire ce client exigeant, elle lui propose d'aller s'occuper elle-même de la petite Hailey, le bébé d'un mois de Michael...

AU JEU DE L'AMOUR, de Jackie Braun • n°2117

Le jour où elle apprend que Luke Banning, son amour de jeunesse, est de retour à Trillium, où ils ont tous deux grandi, Ali Conlan ne sait comment réagir. Persuadée toutefois qu'elle n'est plus amoureuse de lui, elle accepte de le revoir... Pour s'apercevoir très vite que Luke n'a rien perdu de son pouvoir de séduction...

RÊVES DE BONHEUR, de Roxann Delaney • n°2118

Journaliste pour un magazine de voyages, Meg Chastain a décidé d'enquêter sur le Triple B, un nouvel hôtel qui vient d'ouvrir au Texas, de manière anonyme. Pourtant, quand elle fait la connaissance de Trey Brannigan, le propriétaire des lieux, elle comprend que sa mission s'avérera plus difficile que prévu. En effet, elle ne sait si elle pourra résister bien longtemps au charme de Trey...

Attention, numérotation des livres pour le Canada différente   n°843 au n°846

L'ASTROLOGIE EN DIRECT
TOUT AU LONG
DE L'ANNÉE.

(France métropolitaine uniquement)
Par téléphone 08.92.68.41.01
0.34 € la minute (Serveur JET MULTIMÉDIA).

Composé et édité par les
éditions Harlequin
Achevé d'imprimer en avril 2007

BUSSIÈRE
GROUPE CPI

à Saint-Amand-Montrond (Cher)
Dépôt légal mai 2007
N° d'imprimeur 70453 — N° d'éditeur 12812

Imprimé en France